連体形に付く助詞「を」の史的研究

朴榮淑
著

제이앤씨
Publishing Corporation

目　次

第1章　序論

1-1 本研究の目的 ……………………………………………………… 7

1-2 先行研究の検討 …………………………………………………… 10

　1-2-1 助詞「を」の用法の発生 …………………………………… 10

　1-2-2 助詞「を」の変遷 …………………………………………… 15

　1-2-3 助詞「を」の分類の問題点 ………………………………… 21

1-3 助詞「を」の分類基準 …………………………………………… 25

1-4 研究方法及び研究資料 …………………………………………… 30

1-5 本研究の構成 ……………………………………………………… 33

第2章　上代における「連体形+を」

2-1 類型別分類と特徴 ………………………………………………… 37

　2-1-1 類型Ⅰ(連体形+を+述語) …………………………………… 37

　2-1-2 類型Ⅱ(連体形+を+述語なし・「を」文中に位置) ………… 38

　2-1-3 類型Ⅲ(連体形+を+述語なし・「を」文末に位置) ………… 39

2-2 類型別出現頻度数による傾向 …………………………………… 41

2-3 上接語による傾向 ………………………………………………… 42

　2-3-1「連体形+を」の上接語 ……………………………………… 42

　2-3-2「助動詞+を」の上接語 ……………………………………… 45

2-4 まとめ ……………………………………………………………… 46

第3章 中古における「連体形+を」

3-1 類型別分類と特徴 ……………………………………………………… 52

  3-1-1 類型Ⅰ(連体形+を+述語) ……………………………………… 52

  3-1-2 類型Ⅰ-Ⅰ(連体形+を+従属節+述語) …………………………… 53

  3-1-3 類型Ⅱ(連体形+を+述語なし・「を」文中に位置) ………… 55

  3-1-4 類型Ⅱ-Ⅰ(連体形+を+述語省略) ………………………………… 56

  3-1-5 類型Ⅲ(連体形+を+述語なし・「を」文末に位置) ………… 57

3-2 類型別出現頻度数による傾向 ……………………………………… 58

3-3 上接語による傾向 …………………………………………………… 59

  3-3-1「連体形+を」の上接語 ……………………………………… 60

  3-3-2「助動詞+を」の上接語 ……………………………………… 67

3-4 上代との比較 ………………………………………………………… 68

3-5 まとめ ………………………………………………………………… 70

第4章 中世における「連体形+を」

4-1 類型別分類と特徴 ……………………………………………………… 75

  4-1-1 類型Ⅰ(連体形+を+述語) ……………………………………… 76

  4-1-2 類型Ⅰ-Ⅰ(連体形+を+従属節+述語) …………………………… 76

  4-1-3 類型Ⅱ(連体形+を+述語なし・「を」文中に位置) ………… 78

  4-1-4 類型Ⅱ-Ⅰ(連体形+を+述語省略) ………………………………… 79

  4-1-5 類型Ⅱ-Ⅱ(連体形+を+指示代名詞+を+述語なし) ………… 80

  4-1-6 類型Ⅲ(連体形+を+述語なし・「を」文末に位置) ………… 82

4-2 類型別出現頻度数による傾向 ……………………………………… 82

4-3 上接語による傾向 …………………………………………………… 83

  4-3-1「連体形+を」の上接語 ……………………………………… 84

　　　4-3-2「助動詞+を」の上接語 ……………………………… 93

　　4-4 中古との比較 ………………………………………………… 94

　　4-5 まとめ ………………………………………………………… 96

第5章　近世における「連体形+を」

　　5-1 類型別分類と特徴 ……………………………………………… 103

　　　5-1-1 類型Ⅰ(連体形+を+述語) ……………………………… 104

　　　5-1-2 類型Ⅰ-Ⅰ(連体形+を+従属節+述語) ………………… 105

　　　5-1-3 類型Ⅱ(連体形+を+述語なし・「を」文中に位置) ………… 106

　　　5-1-4 類型Ⅱ-Ⅰ(連体形+を+述語省略) …………………… 107

　　　5-1-5 類型Ⅱ-Ⅱ(連体形+を+指示代名詞+を+述語なし) ………… 108

　　　5-1-6 類型Ⅲ(連体形+を+述語なし・「を」文末に位置) ………… 109

　　5-2 類型別出現頻度数による傾向 ……………………………… 109

　　5-3 上接語による傾向 …………………………………………… 111

　　　5-3-1「連体形+を」の上接語 ………………………………… 111

　　　5-3-2「助動詞+を」の上接語 ………………………………… 119

　　5-4 中世との比較 ………………………………………………… 120

　　5-5 まとめ ………………………………………………………… 123

第6章　近代における「連体形+を」

　　6-1 類型別分類と特徴 ……………………………………………… 129

　　　6-1-1 類型Ⅰ(連体形+を+述語) ……………………………… 130

　　　6-1-2 類型Ⅰ-Ⅰ(連体形+を+従属節+述語) ………………… 130

　　　6-1-3 類型Ⅱ(連体形+を+述語なし・「を」文中に位置) ………… 132

　　　6-1-4 類型Ⅱ-Ⅰ(連体形+を+述語省略) …………………… 133

　　6-1-5 類型Ⅲ(連体形+を+述語なし・「を」文末に位置) 134

　6-2 類型別出現頻度数による傾向 135

　6-3 上接語による傾向 135

　　6-3-1「連体形+を」の上接語 136

　　6-3-2「助動詞+を」の上接語 142

　6-4 近世との比較 143

　6-5 まとめ 146

第7章 上代から近代にかけての「連体形+を」の変遷過程

　7-1 類型別出現頻度数による変遷過程 151

　7-2 上接語による変遷過程 156

　　7-2-1「連体形+を」の上接語の変化 156

　　7-2-2「助動詞+を」の上接語の変化 162

　7-3 まとめ 167

第8章 結論

【参考文献】 ・ 179

【別紙】 ・ 183

第1章 序論

第1章 序論

1-1 本研究の目的

　時代の変化と共に言葉も変化する。中でも特に助詞「を」の用法は古語と現代語を比較すると甚だしい違いがあることが分かる。現代語における助詞「を」は、体言に付き目的格を表す用法のみを持つが、古くはこの用法のほかに接続助詞として用いられ、また、間投助詞としての用法を持ち、その使用範囲も広かった。例えば『日本国語大辞典』小学館によると古語における助詞「を」の用法は次のようである。

　　Ⅰ　間投助詞としての用法
　　　1. 文末にあって活用語の連体形又は体言を受け、詠嘆をこめて確認する。
　　　2. 文中用法
　　Ⅱ　格助詞としての用法
　　　体言又はそれに準ずる語に付く。
　　Ⅲ　接続助詞としての用法
　　　活用語の連体形を受けて句と句を接続する。
　　　逆接的な関係での接続が最も多いが、順接の場合もあり、又、因果関係のない場合もある。

　このように古語の助詞「を」の用法は格助詞・接続助詞・間投助詞

としての用法に分類される。しかし、前にも触れたように時代が下がると共にその用法は変化し、現代日本語には格助詞としての用法だけが使われている。『現代語の助詞・助動詞−用法と実例−』によると現代日本語における助詞「を」の用法は次のようである。

　　　「を」(格助詞)
　　　① 他動詞の動作・作用の目的・目標。
　　　② 臨時に他動性を帯びた自動詞の目的・目標。
　　　③ 自動性の動作(移動性のもの)の行われる場所・時。
　　　④ 対象語格を示す。

　この説明のように現代日本語における助詞「を」の用法は一般的に格助詞としての用法だけが認められている。しかし、レー・バン・クー(1988)は現代日本語の「を」にも格関係表示用法以外に接続助詞性を備えていることを指摘している。次のような用例にみられる接続性について考えてみよう。

　　(1) 酒の好きな美夜は嫁に来てしばらく謹んでいたの<u>を</u>行友に勧められ2、3杯飲むと目元がほんのり赤らんで (円地文子「女坂」)
　　(2) 木内は、お待たせしました、と言い、順子の傍に来るつもりだったの<u>を</u>誰かに呼び止められた。(松本清張「翳った旋舞」)
　　(3) 彼がそれを手帳に写しとろうとするの<u>を</u>、じれったそうに手をふって、「いいんだよ、それは持ってお行き。こっちにゃ住所の控えはあるから」(日本推理作家協会「ちょっと殺人を」)

　用例(1)から用例(3)には助詞「を」の後にそれを承ける動詞は見当たらず、前句と後句の意味内容は対立関係にある。この点から考えるとこの類の助詞「を」は格助詞と認めがたい。つまり、用例(1)の「酒を

謹んでいた」という前句とそれと対立する内容の後句「2、3杯飲む」を助詞「を」がつないでいる。用例(2)の場合も同様で「木内が順子の傍に来るつもりだった」という前句と対立した内容の後句「呼び止められた」を助詞「を」がつないでいる。用例(1)は考え方によっては「を」の後に「見て」のような動詞が省略されたとも言えるが、用例(1)(2)と同じように前句と後句との対立した意味内容をつないでいる。

このように以上の用例で使われた助詞「を」を目的格と認めるには問題があり、格関係表示用法というより接続助詞に近いような用法を持つ。しかし、現代日本語における助詞「を」の用法による分類では接続助詞としての用法は一般的に認められていない。この接続助詞に近い用法は恐らく古語における助詞「を」の接続用法の名残と考えられる。特に接続助詞としての用法は現代語に痕跡を残してはいるものの、ほぼ使われなくなっており、その減少過程については明らかになっていない。又、古語から現代語に到るまでの助詞「を」の全般的な変化の様相についても明らかになっておらず、部分的な調査しかなされていない状況にあり、どのような過程を経て変化して来たかについては疑問のまま残されている。例えば接続助詞としての用法の変遷について松村(1970)は「鎌倉時代に用法は狭くなるが、室町時代も用いられた」と指摘しているが、確かな根拠は提示していない。

本論文の目的はこのような助詞「を」の変遷の過程を明らかにすることであり、そのため上代から近代にかけての文献資料に現れた助詞「を」をいくつかの類型に分類し、それらの出現頻度数による変化、上接語による変化を中心に調査、考察することに因り、この疑問に対し答えを出すべく論考する。

ところで、助詞「を」に付く上接語には体言と用言の連体形[1]の2種

---

1) 以下、体言に付く助詞「を」は「体言+を」と、用言の連体形に付く助詞「を」は「連体形+を」と表記する。

類があるが、中でも「体言+を」の用法はほとんど格助詞としての用法であり「連体形+を」の用法に格・接続・間投助詞としての用法が備わっている。「体言+を」は現代の格助詞「を」の用法と差がみられないため、研究対象から除外し、「連体形+を」だけを研究対象とする。また、「しかるを」等の連語は考察の対象として除外する。

1-2 先行研究の検討

本論文は上代から近代にかけての「連体形+を」の用法の変遷過程を明らかにすることを目的とするため、従来の研究は助詞「を」の発生と助詞「を」の変遷に分けて検討する。

1-2-1 助詞「を」の用法の発生

助詞「を」の発生については今まで様々な説が出ている。いずれも論争の焦点になるのは「を」の格助詞としての用法と間投助詞としての用法との関係に対したものであり、先行研究では古代文献に現れる助詞「を」の解釈の相違によって異なる見解を示している。

先ず、これと関連したいくつかの説を紹介し、検討して行くことにする。

1）橋本進吉

橋本(1983)は間投助詞「を」はどんな文節にも付き、はじめは感動の意味を付け加えるに過ぎなかったが、次第に感動の意味が薄くなり、助詞「を」が付く文節の用言に対する様々な関係を表すようになり、ここから格助詞としての用法も生じたと述べている。その内容をまとめると次のようである。

　間投助詞「を」はただ、感動を表わすに過ぎないので

　　　(4) 舟わたせを
　　　(5) ぬれてを行かむ

のようにどんな文節にも付くことができる。しかし、古代語では、目的格助詞「を」は使われずゼロ表示が普通で、特別に「を」を示す必要はない。ただ、文節の用言に対した種々の関係を強く、又は明らかに示す必要がある時に限って使われる。それ以外は

　　　(6) 妹まつ
　　　(7) 山越えて
　　　(8) わがつまさかる（万葉集・19・4236）

のように語と語との関係から自然にわかるようになっている。ところが、間投助詞「を」はどんな文節にも付くことができるので、用言に続く文節にも付き、感動の意味をつけくわえていた。このように最初は感動の意味をつけくわえるに過ぎなかった間投助詞「を」は後、この感動の意味がうすれて行き、そしてだんだん「を」に附属する文節の用言に対するいろんな関係を表わすようになる。平安時代以後、時代が下ると共に格助詞として「を」が多く使われる一方、間投助詞としての「を」の使用頻度は少なくなり、「を」の客語を表す用法が一般的となった。

　2) 時枝誠記
　時枝(1982)は助詞「を」の本来の重要な用法は感動を表すものとし、感動助詞「を」を第三者の動作に適用し様々な関係を表すことにより格助詞としての用法が備わったと説明している。しかし、助詞

「を」の表す格の概念は理論的なものではなく感情的なものと説明
し、助詞「を」の持つ情意性を重視するところに特徴がある。以下、
時枝誠記の説明の内容を引用し紹介する。

> 思ふに、「を」は、感動の対象となる事物、事柄に附けるところの感
> 動助詞を基本的のものとすれば、最初は、専ら、話手に対立した事
> 物に附けて、用ゐたものであらう。即ち、話手が、ある事を自己の
> 前に取出して、詠嘆することの表現である。次に、この関係を、第
> 三者の場合に、適用すれば、第三者の動作、情緒に対立する事物を
> 表示して、ここに格助詞としての用法が成立する。他動詞的な意味
> を持つ動作に対立する事物は、即ち客語である。ある情緒に対立す
> る事物は、即ち対象語であって、「を」は、対象語の格をも表示する
> ことが出来るといふことが分かる。(省略) 以上述べて来たところを
> 通観するのに、「を」を論理的な格の概念で律することは、最少限度
> に云はれることで、恐らく、「を」は、主語、客語、対象語をじて、
> それが述語に対して、強く対立したものとして取り出された時に用
> ゐられるもので、もし云ふならば、論理的格に対して、感情的格を
> 表現するものとでも云ふべきである。

3) 松尾治

松尾(1938)は平安初期の作品を中心に、作品の中で使われた「を」
が使われず省略された「ヲ」2) の使用度を詳しく調べた結果、「を」は
格表示ではないと結論している。論の焦点は目的格を表わすため
「を」および「ヲ」の二つの方法が併用されてきたという従来の説明
を置き換えたところにある。論の焦点となったのは次のような内容で
ある。3)

---

2)「ヲ」とは目的格ゼロ表示という意味である。
3) 松尾治(1938) p.147

記紀歌謡時代以前には恐らく助詞を全く用いない時代があったのであろう。それが人の思想の発達によって、文の構成が複雑になったため、語と語との間の論理的関係をはっきりさせる記号が必要となる。そこで、「を」がその役割を果すため、取り入れられるようになってきた。この「を」は恐らく、記紀歌謡や万葉集の、感動の意味を表わす間投助詞「を」から転化したものであろう。又、記紀歌謡時代より前には間投助詞「を」は存在していたが、格助詞「を」は存在していなかった。したがって、記紀歌謡時代になってから格助詞「を」が確立し、以後、この傾向が強くなり、だんだん「を」を格表示に用いる表現法が勢力を得てきた。

　ここで松尾は平安初期の「を」と「ヲ」との状態を調査した結果、作品の中の口語に近い会話の部分で不自然な傾向をみつけたのである。つまり、

　　　竹取、　いほぬし － を ＞ ヲ
　　　伊勢、　土佐、　大和 － ヲ ＞ を

になり、どちらがこの時代の有勢であるのかはっきりしないことと、和歌では「を」が多く現れることを不自然な現象と指摘する。和歌は因襲的で、用語においてその時代の新しい傾向を示すようになるのは、会話よりも遅れるのが普通だからである。もう一つ不自然な現象として次の点を指摘する。格関係の複雑化に従い、論理性を示すため格表示の記号として「を」が用いられたとするならば、単純な文より複雑な文構造の時に「を」が多く現れるはずである。しかし、実際はその逆になっていることである。
　松尾治はこうした矛盾の原因は従来の説明にあるという。つまり、格表示の方法として「を」と「ヲ」を用いる二つの方法があった。記

紀歌謡時代には既に「を」の格表示の用法が確立されていて二つの方法が併用されていた、という前提の下で調査した結果、矛盾が生じたのである。ここで松尾拾はこの従来の説明を置き換えて、「を」は論理的な性質を持つものではなく、主観的な意味を持つものであり、「を」は格表示の記号ではないと結論している。

4) 小山敦子

小山(1958)は松尾捨の説を受け継ぎ、『源氏物語』を中心に「を」と「ヲ」の出現頻度数を調査した。そして「を」は格表示の記号ではないという松尾捨の結論を発展 させ、

> 「主情的な強調」のなされている文脈には「を」が用いられやすいこれらに主知的な論理的意識が働いたとは考えられないから、「を」は格表示の記号ではない。この「主情的」性格は、間投助詞から由来するものである。

と説明し、「を」は間投助詞であると断定している。

5) 村山七郎

村山(1955)は助詞「を」の用法の中で、格助詞としての用法が最初に発生したと指摘し、次のように述べている。

> 「を」は日本語においては元来、格を表す付属辞であり、「を」を用いない格表示は不定格である。不定格とは、従前に現れなかったもの、限定されない対象が問題となる時又は、述語の表す行動が一般性質をおびる時、対格の代りに用いられるのである。この不定格と対格が併用されている現象は満洲語、ツングース語にも見られる。又、「を」は満洲語、ツングース語の対格の付属辞と音韻上、対応を

持つと認められる。

6) 林大

林大(1955)は先に述べた村山七郎の説を引用し、間投助詞「を」
は、聞き手の注意を喚起するものではなく、話し手が話の内容である
行為の対象へ自ら深く心を傾ける表現であり、その感情価値は対格の
論理性の上に自然に生ずると説明し、格表示から間投的用法が転用さ
れたという説に同意を示している。

以上の先行研究の説明をまとめると助詞「を」の発生に対する考え
は大きく二つに区分できる。間投助詞「を」から格助詞の用法が派生
したとする説には橋本・時枝・松尾・小山があり、格助詞「を」から
間投助詞の用法が派生したとする説には村山・林大がある。

しかし、助詞「を」の特徴である情意性という側面から考えると、
強い詠嘆の意を表す間投助詞としての用法が成立し、それから格助詞
としての用法が備わっていったと考えるのが一般的な考えとして支持
されている。詳しくは本論で触れることにし、次から助詞「を」の変
遷をめぐる先行研究について検討する。

1-2-2 助詞「を」の変遷

「を」は、普通、間投助詞・格助詞・接続助詞に分類されているが、
京極興一 (1987)によると、まず間投助詞が成立し、それから格助詞と
接続助詞が派生したという考えが通説となっている。しかし、接続助
詞としての用法は間投助詞としての用法から直接派生したのか、ある
いは間投助詞としての用法から格助詞としての用法に経由したものか
については、両説があり、現在結論をみていない状況である。

以下、本論文ではいくつかの対立的な説を取り上げその要点を説明

する。

1）佐伯梅友

　佐伯(1950)は、助詞「を」は元来間投助詞であって、それが一方では格助詞となり、一方では接続助詞となったという。そして、格助詞的用法と間投助詞的用法の発生の過程を次のように推測している。

　　　(9) この世なる間は楽しくを(乎)あらな（万葉集・3・349）
　　(10) さき草の中にを(乎)寝むと（万葉集・5・904）

　これらの間投助詞の後の動詞句は、多分に意志的である。このようなところから他動詞にかかわる格助詞的用法が固まってきたのではないか。

　　(11) 今更に何をか思はむうち靡き心は君に寄りにしものを（乎）
　　　　　　　　　　　　　　　　　　　　　　　　　（万葉集・4・505）
　　(12) 霰ふり鹿島の神を祈りつつ皇御軍卒にわれは来にしを（乎）
　　　　　　　　　　　　　　　　　　　　　　　（万葉集・20・4370）

これらは、「を」で終止しているが、これを「はさみこみ」として用いると、

　　(13) 神風の伊勢の国にもあらましを(乎)なにしか来けむ君もあらなくに（万葉集・2・163）
　　(14) みやびをと我は聞けるを(乎)やど貸さず我を帰せりおそのみやびを（万葉集・2・126）

のように、接続助詞といわれるものが生ずる。ただし、これは、

(15) 飛鳥川行く瀬を早み早けむと待つらむ妹を(乎)この日暮らしつ

（万葉集・ 11・2713）

のように間投助詞とされるものと区別することは容易でない。すなわち、『万葉集』の「を」は、まだ十分に接続助詞化していないのである。

　以上の佐伯の説は、間投助詞から格助詞の用法が派生したと述べているが、その派生の萌芽を「はさみこみ」に見出そうとしたことに特徴がある。

　2）此島正年

　此島(1966)は間投助詞から接続助詞への発達について述べている。その説明を引用する。

(16) 尾張にただに向へる尾津の埼なる一つ松吾兄を(袁)一つ松人にありせば太刀佩けましを(袁) (万葉集)
(17) 衣着せましを(袁)一つ松吾兄を (袁) (万葉集)

において、「吾兄を」は間投助詞的用法であるが、「ましを」は反戻の気持を伴って下に含蓄を持っている。このような反戻の接続を表すものは『万葉集』でかなり発達している。そして、この中には、用言につくもののほか、体言について反戻の意を表す用法が存在する。

(18) ますらをと思へる我を(乎)かくばかりみつれにみつれ片思ひをせむ (万葉集・ 4・719)
(19) 飛鳥川行く瀬を早み早けむと待つらむ妹を(乎)この日暮らしつ

（万葉集・11・2713）

このようなものも接続助詞と考えたい。

　この論は、接続助詞的用法が間投助詞から転成したこと、それに伴って体言につく「を」にも接続助詞的用法を認めようとすることなどが特徴的である。4)

　3) 松尾捨治郎
　松尾(1970)は格助詞としての用法に接続の意味が含まれていることを指摘し、助詞「を」の接続の用法は格助詞としての用法から発達したとする。松尾の説を引用すると次のようである。
　反戻の意の「を」は、次の三段階を経て成立した。

　　ア. 目的(反戻の意を含むものがある)

　　(20) 石見なる高角山の木の間ゆも我が袖振る<u>を</u>(乎)妹見けむかも

　　　　　　　　　　　　　　　　　　　　　　　　　(万葉集・2・134)

　　(21) 人の「さなむある」といひし<u>を</u>、さしもあらじと思ひしに

　　　　　　　　　　　　　　　　　　　　　　　　　(枕草子・41・鳥は)

　これらは、「見る」「思ふ」等の他動詞にかかる格助詞「を」であるが、反戻の意も若干含まれる。

　　イ. 目的よりは反戻の意

　　(22) つばらにも見つつ行かむ<u>を</u>(雄)しばしばも見放けむ山を心なく
　　　　 雲の隠さふべしや (万葉集・1・17)

---

4) 体言につく「を」を接続助詞とする考え方は『あゆひ抄』(巻二)から見られる。名(体言)をうけるもの(ぢゃのに)、装(用言)をうけるもの(のに)を一括して扱い、次の用例を示している。
　白露の色はひとつをいかにして秋の木の葉をちぢに染むらむ (古今集・5・246)
　つひにゆく道とはかねて聞きしかどきのふけふとは思はざりしを (同上・16・861)

(23) 限りあらむ道にもおくれ先だたじと契らせ給ひける<u>を</u>、さりと
　　 もうち捨ててはえ行きやらじ（源氏物語・桐壺）

これらは、格助詞と見ることもできるが、反戻の意が強い。

ウ. 反戻

(24) 祈りくる風間と思ふ<u>を</u>あやなくもかもめさへだに波と見ゆらむ
　　　　　　　　　　　　　　　　　　　　　　　　　（土佐日記）
(25) 見奉りてくはしく御有様も奏しはべらまほしき<u>を</u>、待ちおはし
　　 ますらむ<u>を</u>、夜更けはべりぬべし（源氏物語・桐壺）

これらを目的を表すと見ることは無理で反戻の意を表現するにあった
と見るのが自然であり、妥当であ　る。

4）山口尭二
　山口(1980)は、格助詞の用法を前提として接続助詞の成立に至る過
程を次のように論じた。

(26) 烏とふ大軽率鳥のまさでにも来まさぬ君を(乎)ころくとそ鳴く
　　　　　　　　　　　　　　　　　　　　（万葉集・14・3521）

　この「まさでにも来まさぬ君(ほんとうにおいでにならない君)」は
「ころく(児ろ来ーいとしい人が来る)」の客語的成分であり、「を」は
それを示す格助詞ということになるが、この二つの部分の間には矛盾
があり、そこに不満や反撥の情意が暗示されている。更に、

(27) 飛鳥川行く瀬を早み早けむと待つらむ妹を(乎)この日暮らしつ

（万葉集・11・2713）

の、「早けむと待つらむ妹(早く来るだろうと待っている妹)」と「この日暮らしつ(私は行けずにこの日を暮してしまった)」との間には、客語と述語の関係はなく、「を」は両句の矛盾関係を示す意味あいにおいてのみ用いられている。すなわち、格助詞でなく接続助詞である。

　山口は、前句と後句(客語と述語)の間の矛盾・対立の関係が、暗示的なものから自覚的なものに移行してゆくところに接続助詞発生の基盤があり、更に、換体句から述体句への文構造の転換によって接続助詞として成立するに至るとし、また、接続助詞「を」の情意性の強さを、矛盾関係の自覚という点から説いている。

　5) 時枝誠記

　時枝(1987)で接続助詞的用法の「を」も格助詞と見るべきではないか指摘する。例えば次の用例の、

(28) 尼君ましてかやうの事などいさめらるるを、心恥かしくなんおぼゆべき (源氏物語・夕顔)
(29) 若宮のいとおぼつかなく、露けき中に過ぐし給ふも、心苦しう思さるるを、とく参り給へ (同上・桐壺)

　下線の個所が「恥かし」「参り給へ」という思想の原因、機縁となっていることを 時枝の考え方は、現象面の解釈の問題ではなく、用法の根源に基づいて文法論上の処理をしようとする立場にあるということができよう。

　以上の内容をまとめると間投助詞から他の用法が派生したという説

と格助詞の用法から他の用法が派生したという説の二つに分けられるが、従来の研究の問題点は助詞「を」の分類基準を提示していないことである。次からその具体的な問題点について触れ、その問題点を解決するための新しい分類基準について述べる。

1-2-3 助詞「を」の分類の問題点

従来の助詞「を」の用法における分類には様々な問題点があるようである。例えば

> (30) さぶらふ人々の泣きまどひ、上も御涙のひまなく流れおはします<u>を</u>(ア)、あやしと見奉り給へる<u>を</u>(イ)、よろしきことにだに、かかる別れの悲しからぬはなきわざなる<u>を</u>(ウ)、まして哀にいふかひなし。限りあれば、例の作法にをさめ奉る<u>を</u>(エ)、母北の方、同じ煙にものぼりなむとなきこがれ給ひて
>
> (源氏・32・8)'

この用例は桐壺の葬式の場面で、死別の悲しみを切なく表現しているが、この文の(ア)は、上接句が「見奉り給へる」にかかることを示す格助詞と考えられるが、意味的には前句「上も御涙のひまなく流れおはします」と後句「あやしと見奉り給へる」をつなぐ接続助詞とも考えられる。(イ)は解釈により間投助詞または接続助詞として後句を省略したものと考えられ、5)(ウ)、(エ)は接続助詞としての用法と考えられる。

---

5) 現代語訳は出版社により次のように異なる。
　・間投助詞としての解釈:「不審なことと眺めていらっしゃることである」日本古典文学全集小学館　1992
　・接続助詞としての解釈:「不審なことと見申しあげていらっしゃるのだが」日本古典文学大系岩波書店　1978

　　(31) いはけなき人をいかにと思いやりつつ、もろともにはぐくまぬ
　　　　おぼつかなさを(オ)、今はなほ昔のかたみになずらえてものし
　　　　給へ（源氏・35・16）

　この文は帝から更衣の母君への手紙であるが、この文の現代語訳は6)
「幼い宮を、どうしているかといつもいつも思いやって、あなたと
いっしょに育てない気がかりさというものは……いまは、やはり私を、
更衣の形見と思って参内なされませ」であり、(オ)は間投助詞とする
のが自然である。ただし、後文「今はなほ昔のかたみになずらへても
のし給へ」との意味的関係からは「あなたといっしょに育てないこと
が気がかりなので」と解釈することも可能である。

　　(32) 見奉りて、くはしく御有様も奏しはべらまほしきを(カ)、待ち
　　　　おはしますらむを(キ)、夜ふけ はべりぬべし（源氏・38・14）

　この文は命婦から母君への言葉であるが、かかる述語のない「を」
が二ヶ所出現し、解釈が難しい。(カ)を「御目にかからせていただい
て、詳しく若宮の御様子も奏上申しとうございますが、(帝は私のご報
告を早く聞きたいとお待ちでいらっしゃいましょう……」と解釈すると
接続助詞としての用法になる。(キ)は、後に「参らむ」が省略された
ものとすれば「主上がお待ちかねでいらっしゃいますのでまいりま
しょう」の意味となり、接続助詞としての用法となる。ただし、この
場合は、構文上述語は存在しないので間投助詞となる。
　以上の諸例を通して、「を」の接続助詞的用法には、格を示したり、
感動を表したりする用法と区別しにくい例がかなりあること、また、
いずれかに区分できたとしても、多少なりとも他の用法が混在してい

るように感じられる例があることなどを指摘することができる。7) このような境界不分明な現象は、「に」「が」にもあるが、「を」においては、格助詞と接続助詞、間投助詞との関わりが特に複雑さを増しているようである。

このように、「を」に何らかの特殊な限定の意味や感情が含まれていると考えることは妥当のようであるが、感情を込めることや限定を強調することと、格助詞性とは必ずしも相反するものではないと考える。8) 例えば次の例を見よう。

(33) 平吉は就寝前に自己の枕元に近い敷蒲団の下に財布を入れていたのを熟睡後、トミ子がとりだし、右の袋戸棚にいれかえたと思われる。(松本清張『水の肌』)

用例(33)の「を」はいわば、「敷蒲団の下に財布を入れていたのだが、それを熟睡後、トミ子がとりだし……」のような解釈となる。つまり、「を」は格関係を表示する用法が弱くなり、「のを」の形で前句と後句との間の一種の対立関係を表示する。このように現代語の助詞「を」においても一種の接続性が窺われるが、この現象は古語の助詞「を」の影響であろう。

以上で述べたように助詞「を」の用法の分類における問題点は格・接続・間投助詞としての分類基準である。今までの先行研究では確かな

---

7) これ以外にも助詞「を」の現代語訳では、出版社により異なる見解がある。例えば『万葉集』の草枕旅行く君と知らませば岸の埴生ににほはさましを (69)における助詞「を」について『日本古典文学全集』小学館は逆接助詞としているが、『日本古典文学大系』岩波書店では間投助詞と説明している。これと類似した例は多数ある。
8) 意味を限定することと感情を込めることは感投助詞としての用法であるが、これは論理的関係を表す格助詞としての用法と相反するものではなく、この二つの用法が存在することに助詞「を」の特徴があると思われる。

分類基準が提示されていないため、9) 主観的解釈が中心となっている。

> (34) 法皇の御かたはらにおはしましつる<u>を</u>、中の院、いかなるたよ
> りにか、ほのかに見奉らせ給ていと忍びがたく思されければ、
>
> (増鏡・397・4)

　用例(34)は「連体形+を」と述語である「ほのかに見奉らせ給ふ」と
の間に「中の院、いかなるたよりにか」が挿入され、目的語と述語が
離れたため解釈の都合上一般に接続助詞と扱っているようである。し
かし、この文は従属節を取り除くと格助詞に分類できるため、このよ
うな解釈中心の分類だけでは問題がある。

　以上のように助詞「を」をめぐる問題点はすでに述べた通り、それ
が格助詞としての用法を持つか接続または間投助詞としての用法を持
つかを判定する方法により、学者の学説が分かれる。各々の用法に関
する分類基準が提示されないままでは、解釈する人の主観が入りやす
く、客観的な分類はほぼ不可能になる。助詞「を」には恐らく、はっ
きりとは分類できない用例が多いと思われるが、それを強いて格・接
続・間投に分類しようとするところに問題点があると思われる。例え
ば次の歌をみよう。

---

9) 先行研究ではどのような文型を格助詞に分類し、どのような文型を接続助詞
　にするかという確かな分類基準は提示されていない。先行論文での分類基
　準をみると次の通りである。
　・京極興一(1987) P.209「用例はほぼ確実に接続助詞と見られるものだけを
　　数えた」
　・近藤泰弘(1986) P.143「明白に格助詞であることが分かるものとは文脈か
　　ら格関係を容易に想定できるもののことである。それを除いたものを接
　　続助詞とする。」
　・佐藤武義「今昔物語集における『活用語+を』について」『国語学研究5』
　　(22頁)「助詞『を』を受ける用言が下にある場合は便宜的に格助詞として
　　扱うことにした。」

(35) 白露の色は一つをいかにして秋の木の葉を千々に染むらむ。

(古今集・257)

　この用例の助詞「を」は体言に付くが、「であるのに」という意味に解釈されるとして、富士谷成章(1982)は接続助詞と説いている。また、山田孝雄(1979)も体言付く場合でも意味の上で接続用法を果たすものは接続助詞としている。これは述語としての用言と用言とを接続するという接続助詞の一般的な定義に従うものならば、富士谷成章・山田孝雄の考え方は採ることが出来ない。このように意味による分類方法には問題があり、また明確に分類不可能な例も多いが、それらを強いて格・接続・間投助詞としての用法に分類しようとするところにも問題がある。

　以上で従来の意味による助詞「を」の分類の問題点を指摘したが、それを解決するため1-3では新しい分類基準を提案し、それに従い論を進めていくことにする。

1-3 助詞「を」の分類基準

　本論文では意味と形態の二つの側面から助詞「を」の分類を試みる。先ず形態的側面による分類を行い、形態的側面だけでは分類し難いものは解釈的側面を取り入れ下位分類を行い、過渡期的用法と命名し、「―」で表すことにする。

　では先ず形態による分類について述べることにする。

　「連体形+を」を承ける述語の存在有無により大きく類型Ⅰ・類型Ⅱと類型Ⅲに分ける。その中で「連体形+を」を承ける述語の存在する類型Ⅰは格助詞の用法とする。類型Ⅱ・類型Ⅲは「連体形+を」を承ける述語の存在しない点では共通する。しかし、類型Ⅱは「連体形+を」が

文中に位置し、前句と後句を接続する働きがあるが、類型Ⅲの「連体形+を」は文末に位置し、強い詠嘆の気持を添えるところにその違いがある。従って、類型Ⅱは接続助詞としての用法とし、類型Ⅲは間投助詞としての用法とする。

　次は解釈による下位分類について述べる。

　「連体形+を」と述語の間に従属節の入る類を類型Ⅰ-Ⅰとするが、これは述語が存在するという点では類型Ⅰと共通する。しかし、類型Ⅰは「連体形+を」の直後にそれを承ける述語があり、類型Ⅰ-Ⅰは「連体形+を」と述語の間に従属節が入るため、「連体形+を」とそれを承ける述語が離れている点に違いがある。類型Ⅰ-Ⅰは意味解釈の観点からみると格助詞としての用法とも接続助詞としての用法とも採れ、明確に分類するのは不可能である　本研究ではこのように明確な分類の不可能な類型は過度的用法と命名するが、述語が存在するという点で類型Ⅰと共通するので格助詞としての用法の過渡的用法とする。

　類型Ⅱ-Ⅰは「連体形+を」を承ける述語が存在しないとう点で類型Ⅱと共通し、接続助詞としての用法に分類できる。しかし、解釈の都合から考えると述語が省略された形とも採れ、「連体形+を」の後に述語を補うことにより格助詞としての用法とも考えられるので、本論文では接続助詞としての用法の過渡的用法とする。

　類型Ⅱ-Ⅱは「連体形+を」と述語との間に従属節等が入り、「連体形+を」が表す内容を「指示代名詞+を」で明示している類である。　文中の述語は「指示代名詞+を」を承けるものであり、「連体形+を」を承けるものではなく、「連体形+を」を承ける述語が存在しないという点で類型Ⅱと共通する。しかし、「連体形+を」の表す内容と「指示代名詞+を」の表す内容は同一なものであるため、述語は「連体形+を」と「指示代名詞+を」の、両方の目的格を承けるものとも考えられる。

　この類型は特に中世のキリシタン資料に集中して現れ、外国人による文章の特徴とも見受けられるが、本研究では「連体形+を」を承ける述語が見当たらない点で類型Ⅱ・類型Ⅱ－Ⅰと共通するので類型Ⅱ－Ⅱと命名し、接続助詞の過渡的用法とする。

　以上で述べた内容に用例を添えまとめると次のようになる。

・類型Ⅰ（連体形+を+述語）

　文構造から考えて、「連体形+を」に対応する述語用言があり、目的語となっている連体形を承けていると考えられる。構文的特徴は「連体形+を」とそれを承ける述語が近くに位置する。本研究ではこれを類型Ⅰと命名する。

> (36) かくてさぶらふほどにげすなどのなかにもむつかしきこといふ<u>を</u>きこしめして（和泉・75・8）
> (37) ……とて剃り捨てられし<u>を</u>見る心地、うらやましさを添えて、
> 　　　　　　　　　　　　　　　　　　　　　　　　（とはず・44・12）
> (38) 少やしよくをれうりいたし候、まひらぬかといふて、ふたをあけたる<u>を</u>見れば、（きのふ・上27）

・類型Ⅰ－Ⅰ（連体形+従属節+述語）

　「連体形+を」と述語との間に従属節等が入り、「連体形+を」が表す内容は目的語の行為・状態等であるが、従属節を取り除けば格助詞としての分類も可能である。しかし、長い従属節が挿入された場合は「……だが、」のように接続助詞としての用法に近い解釈も可能となる。この類型は「連体形+を」と述語との間に挿入された従属節は時代が下がるにつれて長文から短い文へと変化し、結局、類型Ⅰの格助詞としての用法に吸収されていったことが推定できる。本研究ではこれ

を類型Ⅰ-Ⅰと命名する。10)

> (39) 山の中ら許の、木の下のわづかなるに、葵のただ三筋ばかりあ
> <u>る</u>を、世離れてかかる山中にしも生いけむよと、人々<u>あはれが</u>
> <u>る</u>。(更級・486・7)
> (40) 「かうかう今はとてまかる<u>を</u>何事いささかなることもえせで、
> <u>遣はすこと</u>」と書きて (伊勢・16段)
> (41) 鏡もなければ、顔のなりたらむやうもしらでありけるに、俄に
> みれば、いと恐しげなりける<u>を</u>、いとはづかしと<u>おもひけり</u>
>
> (大和・326・15)

・類型Ⅱ（連体形+を+述語なし・「を」文中に位置）

　文脈から考えて「連体形+を」を承ける述語がなく、「連体形+を」
は文中に位置し、前句と後句を接続する働きをする。本研究ではこれ
を類型Ⅱと命名する。

> (42) 「これよりきこえさせ給はざりけるさきにめしける<u>を</u>いままで
> まゐらずとてさいなむ」(和泉・46・9)
> (43) ほり起てみれば、いまだ目もはたらき息もかよひける<u>を</u>、首を
> 取てぞ帰ける。(平治・201・6)
> (44) されど世にあらせ玉ふほとは孝信をまもりて勤色にも出さざり
> <u>し</u>を崩させ玉ひてはいつまでありなんと武きこころざしを発せ
> しなり。(雨月・6・6)

・類型Ⅱ-Ⅰ（連体形+述語省略）

　構文上「連体形+を」を承ける述語は見当たらないが、述語が省略さ
れているものとも考えられる。この類型は「連体形+を」を承ける述語

---

10) 類型Ⅰ-Ⅰの用例で、「を」以外の部分の—は「連体形+を」を承ける述語
　　であるという表示である。以下同様。

がないという点では接続助詞と分類できるが、意味的観点から「連体形+を」の後に「見て」「聞きて」等の述語を補うことにより格助詞としての分類も可能となる。本研究ではこれを類型Ⅱ−Ⅰと命名する。

(45) 限りあれば、例の作法にをさめたてまつる<u>を</u>、母北の方、「おなじ煙にも、のぼりなむ」と、泣きこがれ給ひて、御送りの女房の車に慕ひ乗りたまひて、愛宕といふ所に、(源氏・32・8)

(46)「さらば、明日物越しにても」といへりける<u>を</u>、限りなくうれしく、またうたがはしかりければ、おもしろかりける桜につけ
(伊勢・90)

(47) この忠岑がむすめありとききて、ある人なむ「得む」といひける<u>を</u>、「いとよきことなり」といひけり。(大和・296・10)

・類型Ⅱ−Ⅱ(連体形+を+指示代名詞+を+述語なし)

「連体形+を」と述語との間に従属節等が入り、「連体形+を」が表す内容を再び「指示代名詞+を」で明示する。文中の述語は「指示代名詞+を」を承けるもので、「連体形+を」を承けるものではない。しかし、「連体形+を」の表す内容と「指示代名詞+を」の表す内容は同一なものであるため、述語は「連体形+を」と「指示代名詞+を」の、両方の目的格を承けるものとも考えられる。本研究ではこれを類型Ⅱ−Ⅱと命名する。

(48) おのれが結びつけた玉章をくい切って落いた<u>を</u>、官人<u>これを</u>取って、帝え奉ったれば (天草版平家・69・11)

(49) あまりの悲しさにこらえかねて、続いて海へ入らうとする<u>を</u>滝口<u>これを</u>見て、いかに汝されば御遺言をば違え奉るぞ
(天草版平家・319・3)

(50) 五穀を出いて日に曝し、風に吹かする<u>を</u>蝉が来て<u>これを</u>貰うた。(伊曾保・65・13)

・類型Ⅲ(連体形＋を＋述語なし・「を」文末に位置)

「連体形＋を」を承ける述語がなく、助詞「を」は文末に位置する。この類型は強い詠嘆の気持を表すところに特徴があり、本研究では類型Ⅲと命名とする。

> (51) ぬばたまの夜渡る月にあらませば家なる妹に逢ひて来まし<u>を</u>
>
> (万葉集・3617)
>
> (52) さぶらふ人びとの泣きまどひ、上も御涙のひまなく流れおはしますを、「あやし」と見たてまつり給へる<u>を</u>。(源氏・32・7)
>
> (53) 思ひわかでなにとなぎさの波ならばぬるらむ袖のゆゑもあらじ<u>を</u>。(建礼門院・67・8)

　以上、従来の意味による分類の問題点を指摘し、それを解決すべ意味と解釈の二側面で分類を試み、新たな分類基準を提示した。この分類基準に従い本研究を進めていくことにする。

1-4　研究方法及び研究資料

　本論文の目的は上代から近代に到るまでの「連体形＋を」の用法の変遷過程を明らかにすることである。そのため次のような方法で調査し、課題を明らかにしたい。

> Ⅰ 上代から近代の資料に現れた「連体形＋を」を取出し類型別分類を行い、各類型別出現頻度数を中心に考察を行う。
>
> Ⅱ 各時代の類型別の上接語の品詞を中心とした調査を行い、その傾向と特徴について考察を行う。
>
> Ⅲ 各時代の類型別の上接語の中で助動詞の種類を中心とした調査を行い、その傾向と特徴について考察を行う。

Ⅳ ⅠからⅢまで調査、考察した各時代別傾向を次の時代の場合と比較し、変遷過程を明らかにする。

また、各時代における「連体形+を」の調査のため、資料として使用したテキストは次のようである。11)

第2章 上代における「連体形+を」12)
『日本書紀』日本古典文学全集 小学館 1992
『万葉集』日本古典文学全集 小学館 1992

第3章 中古における「連体形+を」
『源氏物語』(桐壷巻) 日本古典文学大系 岩波書店 1957
『伊勢物語』日本古典文学大系 岩波書店 1957
『大和物語』日本古典文学大系 岩波書店 1957
『和泉式部日記』東節夫編集 式蔵野書院 1959
『更級日記』日本古典文学大系 岩波書店 1957

第4章 中世における「連体形+を」
『建札門院右京大夫集』新潮日本古典集成 新潮社 1979
『とはずがたり』新潮日本古典集成 新潮社 1979

---

11) 資料の選択に当り、各時代の一般的な傾向を調査するため文語資料と口語資料を共に扱うことを心掛けた。また、本論文で用いた用例の出典の明示は、本稿の資料のテキストに応じたページ数で示し、歌謡は歌の番号で示した。例えば、(源氏・32・6)は(資料の書名・ページ・行)であり、(万葉集・132)は(資料の書名・歌の番号)である。本論文に於ける各時代の区分は『日本古典文学大辞典』(岩波書店)により、次のように分類する。
　上代：日本語文学の発生〜794年
　中古：794年〜1192年
　中世：1192年〜1603年
　近世：1603年〜1867年
　近代：1868年〜1945年
12) なお、上代の資料として『古事記』の調査にも当ったが、「連体形+を」の用例は見当らなかった。

『徒然草』日本古典文学大系 岩波書店 1957

『増鏡』日本古典文学大系 岩波書店 1957

『曾我物語』日本古典文学大系 岩波書店 1957

『天草版平家物語』江口正弘著 明治書院 1986

『天草版伊曾保物語』井上章編 風間書房 1990

第5章 近世における「連体形+を」

大東急記念文庫蔵『きのふはけふの物語研究及び総索引』北原保
雄著、笠間索引 1972

『雑兵物語研究と総索引』式蔵野書院 1972

『好色一代女』日本古典文学全集 小学館 1992

『女殺油地獄』日本古典文学全集 小学館 1992

『曾根崎心中』日本古典文学全集 小学館 1992

『西鶴諸国はなし』日本古典文学全集 小学館 1992

『雨月物語』日本古典文学大系 岩波書店 1957

『浮世床』総索引 武蔵野書院 1982

『遊子方言』日本古典文学全集 小学館 1992

『春色梅児誉美』日本古典文学大系 岩波書店 1957

『浮世風呂』日本古典文学大系 岩波書店 1957

『夢酔独言』東洋文庫 平凡社 1994

第6章 近代における「連体形+を」

『安遇楽鍋』明治文学全集 筑摩書房 1989

『春雨文庫』明治文学全集 筑摩書房(1回〜15回) 1989

『浮雲』岩波文庫 明治文学全集 筑摩書房(1回〜10回) 1989

『たけくらべ』明治文学全集 筑摩書房 1989

『金色夜叉』明治文学全集 筑摩書房(前編) 1989

『蒲団』明治文学全集 筑摩書房 1989

『すみだ川』明治文学全集 筑摩書房 1989

以上の研究方法と資料を持って本論文を進めていく。

1-5 本研究の構成

　本研究の構成は次のようである。

　第1章では本研究の目的・先行研究の検討について述べ、従来の助詞「を」の分類における問題点を指摘し、新たな分類基準を提案する。

　第2章では上代の「連体形+を」について調査、考察するが、先ず2-1で上代の資料に現れた「連体形+を」を類型Ⅰ・類型Ⅱ・類型Ⅲに3分類し、各類型別出現頻度数を調査する。2-2で各類型別出現頻度数による傾向について考察する。2-3で上接語による傾向について考察するが、上接語は「連体形+を」13)と「助動詞+を」14)に分けて調査、考察する。2-4で述べた内容をまとめる。

　第3章では中古の「連体形+を」について調査、考察するが、先ず3-1で中古の資料に現れた「連体形+を」を類型Ⅰ・類型Ⅰ-Ⅰ・類型Ⅱ・類型Ⅱ-Ⅰ・類型Ⅲに5分類し、各類型別出現頻度数を調査する。3-2で各類型別出現頻度数による傾向について考察する。3-3で上接語による傾向について考察するが、上接語は「連体形+を」と「助動詞+を」に分けて調査、考察する。3-4で上代の傾向と比較し、その変化について考察する。3-5で述べた内容をまとめる。

　第4章では中世の「連体形+を」について調査、考察するが、先ず4-1で中世の資料に現れた「連体形+を」を類型Ⅰ・類型Ⅰ-Ⅰ・類型Ⅱ・類型Ⅱ-Ⅰ・類型Ⅱ-Ⅱ・類型Ⅲに6分類し、各類型別出現頻度数を調査する。4-2で各類型別出現頻度数による傾向について考察する。4-3で上接語による傾向について考察するが、上接語は「連体形+を」と「助動詞+を」に分けて調査、考察する。4-4で中古の傾向と比較し、

---

13)「連体形+を」とは「連体形+を」における連体形を構成する「を」という意味で使う。
14)「助動詞+を」とは「連体形+を」における助動詞を構成する「を」という意味で使う。

その変化について考察する。4-5で述べた内容をまとめる。

　第5章では近世の「連体形+を」について調査、考察するが、先ず5-1で近世の資料に現れた「連体形+を」を類型Ⅰ・類型Ⅰ-Ⅰ・類型Ⅱ・類型Ⅱ-Ⅰ・類型Ⅱ-Ⅱ・類型Ⅲに6分類し、各類型別出現頻度数を調査する。5-2で各類型別出現頻度数による傾向について考察する。5-3で上接語による傾向について考察するが、上接語は「連体形+を」と「助動詞+を」に分けて調査、考察する。5-4で中世の傾向と比較し、その変化について考察する。5-5で述べた内容をまとめる。

　第6章では近代の「連体形+を」について調査、考察するが、先ず6-1で近代の資料に現れた「連体形+を」を類型Ⅰ・類型Ⅰ-Ⅰ・類型Ⅱ・類型Ⅱ-Ⅰ・類型Ⅲに5分類し、各類型別出現頻度数を調査する。6-2で各類型別出現頻度数による傾向について考察する。6-3で上接語による傾向について考察するが、上接語は「連体形+を」と「助動詞+を」に分けて調査、考察する。6-4で近世の傾向と比較し、その変化について考察する。6-5で述べた内容をまとめる。

　第7章では第2章の上代から第6章の近代まで調査し考察した内容を比較し、「連体形+を」の変遷過程を明らかにする。

　第8章では本研究のまとめをする。

　最後に各時代の資料における「連体形+を」の出現頻度数と「助動詞+を」の上接語を表にまとめ別紙として載せる。

第2章　上代における「連体形+を」

第2章 上代における「連体形+を」

　助詞「を」の持つそれぞれの用法はいつ頃発生したかについてはすでに述べた通り、今のところ定説はない。その理由として上代では未だ助詞「を」の用法は分化していないことと意味解釈による分類のため研究者によって観点に相違があることなどが挙げられる。先行研究では助詞「を」の用法の分類基準について触れておらず、意味解釈による分類の様々な問題点を内在している。ここでは第1章で提案した分類基準に従い、上代文献に現れた「連体形+を」を類型別に分類し、その様子を考察する。また、分類された各類型は格助詞・接続助詞・間投助詞のどの用法であるかを考察し、上代における助詞「を」の特徴を明らかにしたい。

2-1 類型別分類と特徴

　上代における「連体形+を」を類型別に分類すると類型Ⅰ・類型Ⅱ・類型Ⅱの3種類に分類する。その詳しくは次のようである。

2-1-1 類型Ⅰ（連体形+を+述語）

　文構造から考えて「連体形+を」に対応する述語用言があり、目的語となっている連体形を承けていると考えられる。構文的特徴は「連体形+を」とそれを承ける述語が近くに位置することであり、本研究では

類型Ⅰと命名する。その用例を挙げると次のようである。

> (1) 玉くしげ覆ふ<u>を</u>やすみ明けていなば君が名はあれど我が名し惜
> しも（万葉集・93）
> (2) あしひきのみ山さやに落ち激つ吉野の川の川の瀬の清き<u>を</u>見れ
> ば上辺には千鳥しば鳴く下辺にはかはづつま呼ぶ（万葉集・920）
> (3) 思はぬ<u>を</u>思ふと言はば天地の神も知らさむ邑礼左変（万葉集・655）
> (4) 萩の花咲ける<u>を</u>みれば君に逢はずまことも久になりにけるかも
> （万葉集・2280）

　用例(1)は目的語「我が袖振る」を述語「見けむ」で承けている。用
例(2)は目的語「瀬の青き」を述語「見れば」で、用例(3)は目的語「み
やびとの遊ぶ」を述語「見む」で、用例(4)は目的語「萩の花咲ける」
を述語「みれば」で各々承けている。このように類型Ⅰは「連体形+
を」とそれを承ける述語があり、格助詞としての用法である。
　「日本書紀」には用例が見当たらないが、「万葉集」には上代におけ
る資料に現れた「連体形+を」の総用例179例中28例（16％）が格助詞と
して用いられている。1)

2-1-2 類型Ⅱ（連体形+を+述語なし・「を」文中に位置）

　文脈から考えて「連体形+を」を承ける述語がなく、「連体形+を」
は文中に位置し、前句と後句を接続する働きをする。本論文では類型
Ⅱと命名する。その用例を挙げると次のようである。

> (5) 相見ては幾日も経ぬる<u>を</u>ここだくも狂ひに狂ひ思ほゆるかも
> （万葉集・751）

---

1) ここでの総例数は本論文で使用した上代における各資料の「連体形+を」の
　出現頻度数を意味する。以下同様

(6) 恋は今はあらじと我は思へる<u>を</u>いづくの恋そつかみかかれる

             （万葉集・695）

(7) 君により言の繁き<u>を</u>故郷の明日香の川にみそぎしに行く

             （万葉集・626）

(8) 神木にも手は触るといふ<u>を</u>うつたへに人妻といへば触れぬもの
 かも（万葉集・517）

(9) 門立てて戸もさしたる<u>を</u>いづくゆか妹が入り来て夢に見えつる

            （万葉集・3117）

　用例(5)の前句「相見ては幾日も経ぬる」と後句「狂ひに狂ひ思ほゆる」の間に因果関係に逆らう意味関係が認められまた、助詞「を」を承ける述語がなく、接続助詞と考えられる例である。用例(6)(8)(9)にも前句と後句の間に対立関係が認められまた、助詞「を」を承ける述語がなく、同じことが言える。ただし用例(8)には間投助詞に認められる強い情意性も読み取れる。ここで、上代の助詞「を」はまだ接続の用法と間投の用法において明白に分化していないことが言える。用例(7)の場合は前句「君により言の繁き」と後句「明日香の川にみそぎしに行く」の間には対立関係というよりむしろ前句は後句に対して原因理由を表している。言わば順接の表現である。このように接続助詞「を」には逆接の意味も順接意味も合わせ持っていることが分かる。

　類型Ⅱは「日本書紀」には用例数ゼロ、「万葉集」での出現頻度数は上代における資料に現れた「連体形＋を」の総用例179例中107例（60%）である。

2-1-3 類型Ⅲ（連体形＋を＋述語なし・「を」文末に位置）

　「連体形＋を」を承ける述語がなく、助詞「を」は文末に位置する。この類型は強い詠嘆の気持を表すところに特徴があり、本研究では類型Ⅲと命名する。その用例を挙げると次のようである。

(10) 尾張に直に向かへる一つ松あはれ一つ松人にありせば衣著せま
　　　し<u>を</u>太刀佩けまし<u>を</u>（書紀・27）

(11) あらかじめ君来まさむと知らませば門にやどにも玉敷かまし<u>を</u>
　　　　　　　　　　　　　　　　　　　　　　　　　（万葉集・1013）

(12) かくばかり恋ひつつあらずは朝に日に妹が踏むらむ土にあらま
　　　し<u>を</u>（万葉集・2693）

(13) 草枕旅行く君と知らませば岸の植生ににほはさまし<u>を</u>
　　　　　　　　　　　　　　　　　　　　　　　　　　（万葉集・69）

　用例(10)は日本武尊が尾津浜で剣を置いたまま出発しまた、戻る
と、その時の剣がそのまま残っているのを見て歌った歌であるが、詠
嘆の気持が強く現れている。用例(11)、(12)、(13)も同様であり、所謂
間投助詞と考えてよいと思われる。類型Ⅲの共通点は「……せば……ま
しを」の形式を取っていることである。この形式は一般に現在の状態
に反することを仮想し現実にはそうでない事に対し、強い不満または
後悔。願望等の気持を表している。ここに所謂助詞「を」の特徴的な
ものが見い出されるのではないかと思われる。つまり、助詞「を」の
間投助詞としての用法には強い詠嘆の気持を表す間投的用法に不満,後
悔等余韻を残し次の句へとつながる気持が含まれている接続的用法が
内在しているのである。このことからも助詞「を」に強い間投性が認
められることと接続助詞としての用法と間投助詞としての用法は明白
に分化していないことが言えよう。

　類型Ⅲは「日本書紀」では用例で挙げた2例しかなく割合は100%で
あるが用例数が少ないため統計には適さない。「万葉集」での出現頻度
数は上代における資料に現れた「連体形+を」の総用例179例中44例
(24%)である。

2-2 類型別出現頻度数による傾向

　以上上代における「連体形+を」の類型別分類とその特徴について調査、考察を行ったが、ここでは上述した内容をまとめ、類型別出現頻度数による傾向を中心に述べることにする。[2] 上代における資料に現れた「連体形+を」の総計181例中各類型別出現頻度数は次のようである。

　　・類型Ⅰ(格助詞としての用法)：28例（15%）
　　・類型Ⅱ(接続助詞としての用法)：107例（60%）
　　・類型Ⅲ(間投助詞としての用法)：46例（25%）

これを「表」にすると次のようである。[3] (「表A」)

類型	Ⅰ(格)	Ⅱ(接続)	Ⅲ(間投)	計
頻度数	28(15)	107(60)	46(25)	181

「表A」上代における「連体形+を」の類型別出現頻度数[4]

　これを見ると接続助詞としての用法は60%で最も高く、次が25%の間投助詞としての用法で格助詞としての用法は6%で最も低い。つまり、上代において「連体形+を」の用法は接続助詞としての用法が最も多く、次が間投助詞で、格助詞としての用法は最も少ない。上代における助詞「を」の用法は比較的単純であり、紛らわしい例がほとんどないことにその特徴があると言える。

---

2) この数字は「日本書紀」と「万葉集」の出現頻度数を合わせたものである。
3) 各資料別出現頻度数は別紙の「表1」
4) ( )の中の数字は%を表す。以下同様

2-3 上接語による傾向

ここでは「連体形+を」の上接語を中心とした各類型別特徴について調査、考察する。

上接語は先ず品詞別に分類しその出現頻度数を調べる。次は分類した品詞の中で助動詞の種類を中心とした調査、考察を行うことにする。

2-3-1 「連体形+を」の上接語

上代の資料に現れた各類型別「連体形+を」の上接語の品詞は次の通りである。5) その頻度数と用例を挙げると次のようである。

① 類型Ⅰ（連体形+を+述語）（総28例）

・「動詞+を」（11例）

(14) 石見なる我が袖振る<u>を</u>妹見けむかも（万葉集・134）
(15) 諸人の遊ぶ<u>を</u>見れば都しぞ思ふ（同・843）
(16) 玉くしげ覆ふ<u>を</u>やすみ（同・93）

・「形容詞+を」（3例）

(17) あしきのみ山もさやに落ち激つ吉野の川の川の瀬の清き<u>を</u>見れば上辺には千鳥しば鳴く下辺にはかはづつま呼ぶ（万葉集・920）
(18) にへすともそのかなしき<u>を</u>外に立てめやも（万葉集・3386）

・「助動詞+を」（14例）6)

---

5) 補助動詞「給ふ」等は動詞に分類する
6) 詳しくは次の通りである。
　ず:3　り:1　き:5　む:5

(19) 思はぬを思ふと言はば（万葉集・3000）

(20) 秋風の吹かむを待たばいと遠みかも（万葉集・4219）

(21) 萩の花咲けるを見れば（万葉集・2280）

② 類型Ⅱ（連体形＋を＋述語なし・「を」文中に位置）（総107例）

・「動詞＋を」（12例）

(22) 遠くあればわびてもあるをさと近くありと聞きつつ見ぬがすべなさ（万葉集・757）

(23) 来むと言ふも来ぬ時あるを来じと言ふを来むとは又じ来じと言ふものを（万葉集・527）

(24) よく渡る人は年にもありといふを何時の時の間にそも我が恋ひにける（万葉集・523）

・「形容詞＋を」（10例）

(25) 君により言の繁きを故郷の明日香の川にみそぎしに行く

（万葉集・626）

(26) あしひきの山も近きをほととぎす月立つまでになにか来鳴かぬ

（万葉集・3986）

・「助動詞＋を」（85例）[7]

(27) 天の川橋渡せらばその上ゆもい渡らさむを秋にあらずとも

（万葉集・4126）

(28) よそのみに見ればありしを今日見ては年に忘れず思ほえむかも

（万葉集・4269）

(29) うまし物いづくも飽かじを坂門らが角のふくれにしぐひあひに

---

7) 詳しくは次の通りである。
　　き:16　む:31　り:5　ず:6　たり:1　ぬ:1　らむ:1　じ:1　まし:23

けむ（万葉集・3821）

③ 類型Ⅲ（連体形＋を＋述語なし・「を」文末に位置）（総46例）

・「動詞＋を」（1例）

(30) 白鳥の鷺坂山の松影に宿りて行かな夜もふけ行くを

（万葉集・1687）

・「形容詞＋を」（2例）

(31) おほかたはなにかも恋ひむ言挙げせず妹に寄り寝む年は近き<u>を</u>

（万葉集・2918）

(32) 荒磯越す波を恐れみ淡路島見ずや過ぎなむここだ近き<u>を</u>

（万葉集・1180）

・「助動詞＋を」（41例）8)

(33) ぬばたまの夜渡る月にあらませば家なる妹に逢ひて来まし<u>を</u>

（万葉集・3617）

(34) 長き夜を君に恋ひつつ生けらずは咲きて散りにし花ならまし<u>を</u>

（万葉集・2282）

(35) 心なき雨にもあるか人目守ともしき妹に今日だに逢うはむ<u>を</u>

（万葉集・3122）

以上の内容は次のようにまとめられる。

類型Ⅰ（格の助詞としての用法）の上接語（総28例）

---

8) 詳しくは次の通りである。
き:3　り:1　なむ:1　む:1　まし:37

　　　　：動詞11例(39%)、形容詞3例(11%)、助動詞14例(50%)
　　類型Ⅱ(接続助詞としての用法)の上接語(総107例)
　　　　：動詞12例(11%)、形容詞10例(10%)、助動詞85例(79%)
　　類型Ⅲ(間投助詞としての用法)の上接語(総46例)
　　　　：動詞1例(2%)、形容詞2例(4%)、助動詞43例(94%)

これを「表」にすると次のようである。(「表B」)

類型 上接語	Ⅰ(格)	Ⅱ(接続)	Ⅲ(間投)	計
動詞	11(39)	12(11)	1(2)	24
形容詞	3(11)	10(10)	2(4)	15
助動詞	14(50)	85(79)	43(94)	142
計	28	107	46	181

「表B」上代における「連体形+を」の上接語

　これを見ると格助詞としての用法の場合は「助動詞+を」または「動詞+を」の形となっており、接続助詞と間投助詞の場合は「助動詞+を」形となっている。各類型に「助動詞+を」は共通している。特に注目すべきは類型Ⅲの上接語であり、助動詞の示す割合は94%にも昇り、中でも「ましを」が大多数を占めていることである。前で触れた通り、「……せば……ましを」の形に固定化の傾向を見せており、間投助詞でありながら接続助詞的な意味合いを含んでいる。

2-3-2 「助動詞+を」の上接語

　なお、各類型における上接語の中で「助動詞+を」にはどんな種類があるのかを調査、考察する。代表的な種類[9]だけ表にまとめる。[10]
(「表C」)

類型 助動詞	Ⅰ（格）	Ⅱ（接続）	Ⅲ（間投）
き	5(100)	16(94)	3(100)
けり	0	1(6)	0

「表C」上代における「助動詞+を」の類型別上接語

　「表C」は「助動詞+を」の上接語の中で「き」「けり」だけを取り出し、表にまとめたもので、これによると類型Ⅰ・Ⅱ・Ⅲに共通して「けり」より「き」が圧倒的に多いことがわかる。しかし、「き」「けり」を含めた全体の「助動詞+を」の上接語[11]をみると、特に注目すべきは類型Ⅲの「まし」86％にものぼっていることである。この「まし」は類型Ⅱと類型Ⅲには現れるが、類型Ⅰには現れない。つまり、接続助詞としての用法と間投助詞の用法には「ましを」形が現れるが、格助詞としての用法には現れない。助動詞「まし」が　現実仮想の後悔・不満等の強い情意を表すことを思うと当然と言えよう。

2-4 まとめ

　以上、上代における「連体形+を」について調査、考察したが、その内容をまとめると次のようである。

　① 上代における「連体形+を」は類型Ⅰ・類型Ⅱ・類型Ⅲに分けられ、それぞれ格助詞・接続助詞・間投助詞としての用法に分類でき

---

9) 代表的な種類とは上代から近代までの全時代を通して代表的に現れる種類を意味する。
10)「助動詞+を」の出現頻度数の詳しい数字は別紙の「表2」
11) 別紙「表2」を参考にすること

る。12)

　② 各類型の出現頻度数は格助詞としての用法15%・接続助詞として
の用法60%・間投助詞としての用法25%であり、接続助詞としての用
法が最も多く現れ、次が間投助詞としての用法・格助詞としての用法
の順となっている。

　③「連体形+を」の各類型別主な上接語を見ると格助詞としての用法
の場合は「助動詞+を」50%・「動詞+を」39%であり、接続助詞として
の用法の場合は「助動詞+を」79%、間投助詞としての用法は「助動詞
+を」94%である。特に注目すべきは間投助詞としての用法の「まし
を」が86%にものぼり、間投助詞としての用法はほぼ「……せば……ま
しを」の形に固定化していることであり、上代の特徴と思われる。

　④ 上代の「連体形+を」の接続の用法と間投の用法は明白に分化し
ていないようであるが、その裏付けとして次のようなことが挙げられ
る。

　　・類型Ⅱつまり間投助詞としての用法の固定化のパタン「……せ
　　　ば……ましを」に不満・後悔等余韻を残し、次の句へとつながる
　　　気持が含まれている接続的用法が内在していることが推定され
　　　る。

　　・類型Ⅱの接続助詞としての用法の用例(8)にも間投助詞に認められ
　　　る強い情意性が窺われる。

---

12) 類型Ⅰ－Ⅰ・Ⅱ－Ⅰ・Ⅱ－Ⅱは上代では現れない。

第3章 中古における「連体形+を」

第3章 中古における「連体形+を」

　中古時代に入ると和文系の文学作品が盛んになり、それに伴い助詞
「を」の用法も発達し複雑な様相となるが、解釈・分類に非常に難し
い用例が多くなる。例えば次の用例を見よう。

> (1) 御ふみやあらんと思ふほどにさもあらぬを心うしとおもふほど
> 　　もすきずきしや (和泉式部日記・7・8)

　用例(1)は解釈により用法の分類が異なる。「さもあらぬを」の部分
を「そうでないのでつらく思う」に解釈すると接続助詞の用法となる
が、「そうでもないのをなさけないと思う」に解釈すれば格助詞の用法
となる。本研究では前に触れた分類基準に従い、「連体形+を」の後に
それを承ける述語が存在することから格助詞としての用法とする。
　このような文が多いのが中古の特色と言えるが、ここでは中古の資
料に現れた「連体形+を」を類型別に分類し、その様子を考察する。ま
た、分類された各類型は格助詞・接続助詞・間投助詞のどの用法に当
たるかを考察し、中古における助詞「を」の特徴を明らかにする。さ
らに「連体形+を」の上接語を調査し、各類型の特徴を考察する。これ
らの考察内容を上代と比較することにより、助詞「を」のと変化の様
相について探ってみたい。

3-1 類型別分類と特徴

中古における「連体形+を」を類型別に分類すると類型Ⅰ・類型Ⅰ-Ⅰ・類型Ⅱ・類型Ⅱ-Ⅰ・類型Ⅲの5種類に分類する。類型別用例をみると次にようである。

3-1-1 類型Ⅰ (連体形+を+述語)

文脈から考えて、対応する述語用言があり、目的語となっている連体形を承けていると考えられる。構文的特徴は「連体形+を」とそれを承ける述語が近くに位置することであり、本研究では類型Ⅰと命名する。その用例を挙げると次のようである。

(1)「なほ、「おはするもの」と思ふが、いとかひなければ、灰になり給はむを見たてまつりて、「今は、なき人」と、ひたぶるに思ひなりなむ」(源氏・32・13)

(2) 太液の芙蓉、未央の柳も、げに、かよひたりし容貌を、唐めいたる粧は、うるはしうこそありけめ、なつかしう、らうたげなりしを、思し出づるに、花鳥の色にも音にも、よそふべき方ぞなき。(源氏・40・16)

(3) 御兄人堀河の大臣、太郎国経の大納言、まだ下らうにて内へまいり給ふに、いみじう泣く人あるをききつけて、とどめてとりかへし給うてけり。(伊勢・6段)

(4) やなぎのしなひ、ものよりけにながきな人、この家にありけるを折りて、(中略)とてなむやりたまへりければ (大和・3段)

(5) この草あをやかなるも人はことにめもとどめぬをあはれとながむるほどに、近き透垣のもとに人のけはひすれば (和泉・1・3)

(6) その物語、かの物語、光る源氏のあるやうなど、ところどころ語るを聞くに、いとどゆかしさまされど (更級・479・7)

用例(1)の「灰になり給はむ」を承ける述語は「見たてまつりて」で

あり、用例(2)の「らうたげなりし」を承ける述語は「思し出づる」であり、用例(3)の「泣く人ある」を承ける述語は「ききつけて」である。用例(4)から用例(6)までも同様で、「連体形+を」の直後にそれを承ける述語がある。このように「連体形+を」を承ける述語「見る」「ご覧ず」「思し出づ」「聞く」「折る」「ながむ」「聞く」がそれぞれ「連体形+を」のすぐ後に存在することから格助詞と見なせる例である。出現頻度数は中古における資料に現れた「連体形+を」の総計324例中124例(38%)である。[1]

3-1-2 類型 I - I (連体形+を+従属節+述語)

「連体形+を」と述語との間に従属節等が入り、「連体形+を」が表す内容は目的語の行為・状態等であるが、従属節を取り除けば格助詞としての分類も可能である。しかし、長い従属節が挿入された場合は「……だが、」のように接続助詞としての用法に近い解釈も可能となる。この類型は「連体形+を」と述語との間に挿入された従属節は時代が下がるにつれて長文から短い文へと変化し、結局、類型Iの格助詞としての用法に吸収されていったことが推定できる。本研究では類型I-Iと命名する。その用例を挙げると次のようである。

    (7) 母后、世になくかしづききこえ給ふを、上にさぶらふ内侍のすけは、先帝の御時の人にて、かの宮にも親しう参り馴れたりければ、いはけなくおはしましし時より、見たてまつり、今も、ほの見たて まつりて (源氏・45・9)

    (8) 二条の后に忍びてまいりけるを、世の聞えありければ、兄人たちのまもらせ給ひけるとぞ (伊勢・5段)

---

1) 総計と用例数は「源氏」「伊勢」「大和」「和泉」「更級」の中古の資料に出現した数字を合算したものであり、各資料での出現頻度数は次のようである。「源氏」16例「伊勢」32例「大和」42例「和泉」17例「更級」17例

(9) 鏡もなければ、顔のなりたらむやうもしらでありけるに、俄に
みれば、いと恐しげなりける<u>を</u>、いとはづかしと<u>おもひけり</u>

(大和・326・15)

(10) 御ふみやあらんと思ふほどにさもあらぬ<u>を心うしと</u><u>おもふほど</u>
もすきずきしや (和泉・7・8)

(11) 山の中ら許の、木の下のわづかなるに、葵のただ三節ばかりあ
る<u>を</u>、世離れてかかる 世中にしも生いけむよと、人びと<u>あはれ</u>
<u>がる</u> (更級・486・17)

用例(7)は「世になくかしづききこえ給ふを」と述語「見たてまつり
て」との間に長文の挿入句「上にさぶらふ．．．．．．．いはけなくおはしまし
し時より」が入り、目的語と述語が離れ過ぎているため述語が分かり
にくくなっている。以下同様で用例(8)は目的語「忍びて参りけるを」
に対する述語は「まもらせ給ふ」、用例(9)は目的語「恐ろしげなりけ
るを」に対する述語は「おもひけり」、用例(10)は目的語「さもあらぬ
を」に対する述語は「おもふ」、用例(11)は目的語「三節ばかりある
を」に対する述語は「あはれがる」であり、その間の挿入句は共通し
て相当長い。この類型は上代には見当たらないもので、中古に入り新
しく発生した類型である。

このように目的語と述語との間に句または語が介入していることに
より、目的語と述語との間に隔たりが生じ、この隔たりのため言語表
現上の誤解をもたらすことになったと推論できる。例えば類型Ⅰの用
例(1)の場合は目的語「灰になり給はむを」に対する述語「見たてまり
て」の間には挿入句はなく、目的語と述語が密接に付いているので解
釈上の誤解を招く余地がない。しかし、類型Ⅰ-Ⅰの用例(7)は目的語
と述語が相当離れており、この距離のため述語の働きも弱まり、接続
助詞に近くなっている。また、解釈の都合上接続助詞として扱った方
が適当に思える場合もある。例えば、用例(7)の場合、「世になくかし

づききこえ給ふを」の部分を「母后も又となくたいせつに守り育てて
おいでになるお方であるが」と解釈すれば接続助詞としての用法とな
る。つまり、類型Ⅰ-Ⅰは格助詞とも接続助詞とも取れそうな例であ
り、言わば類型的な用法であろう。出現頻度数は中古における資料に
現れた「連体形+を」総計324例中51例(16%)である。[2]

3-1-3 類型Ⅱ（連体形+を+述語なし・「を」文中に位置）

　文脈から考えて「連体形+を」を承ける述語がなく、「連体形+を」
は文中に位置し、前句と後句を接続する働きをする。本研究では類型
Ⅱと命名する。その用例を挙げると次のようである。

　　(12) よろしきことだに、かかる別れの悲しからぬはなきわざなる
　　　　 を、まして哀れいふかひなし。(源氏・32・17)
　　(13) 「若宮の、いとをぼつかなく、露けきなかに過ぐし給ふも、心
　　　　 ぐるしう思さるるを、とく、まゐり給へ」(源氏・35・7)
　　(14) 「いとかう、きびはなる程は、あげおとりや」と、疑はしく思
　　　　 されつるを、あさましううつくしげさ添ひ給へり。
　　　　　　　　　　　　　　　　　　　　　　　　　　(源氏・48・11)
　　(15) それを本意にはあらで心さしふかかりける人、行きとぶらひけ
　　　　 るを、む月の十日ばかりのほどに、ほかにかくれにけり。
　　　　　　　　　　　　　　　　　　　　　　　　　　　(伊勢・四段)
　　(16) あづまぢの道のはてよりも、猶おくつかたに生いいでたる人、
　　　　 いか許かはあやしかりけむを、いかに思ひはじめける事にか、
　　　　 世の中に物語といふ物のあんなるを、いかで見ばやと思ひつつ
　　　　　　　　　　　　　　　　　　　　　　　　　　(更級・479・4)

　用例(12)は「源氏」が更衣の里に退出する場面で、現代語訳は「普

---

2) 中古における「連体形+を」の各資料での出現頻度数は次のようである。
　「源氏」11例「伊勢」11例「大和」14例「和泉」3例「更級」12例

通の場合であっても、母との死別の悲しからぬはずはないことだの
に、今はなおさら身にしみて哀れで、何ともいいようのない有り様で
ある」となる。用例(13)は「桐壷」が亡くなったあと勅使が母君を訪
れ、帝の言葉を伝える場面である。現代語訳は「若宮がひどく気がか
りな有り様で、涙がちのところで暮しておいでになるのもいたわしく
おぼしめされるから、早く参内なされよ」となる。このように前句と
後句を「連体形+を」が繋いでおり、接続助詞としての役割を果たして
いる。類型Ⅱの出現頻度数は中古における資料に現れた「連体形+を」
総計324例中102例(31%)である。3)

3-1-4 類型Ⅱ-Ⅰ（連体形+を+述語省略）

　構文上「連体形+を」を承ける述語は見当たらないが、述語が省略さ
れているものとも考えられる。この類型は「連体形+を」を承ける述語
がないという点では接続助詞と分類できるが、意味的観点から「連体
形+を」の後に「見て」「聞きて」等の述語を補うことにより格助詞と
しての分類も可能となる。本論文ではこの類型を類型Ⅱ-Ⅰと命名す
る。その用例を挙げると次のようである。

(17) 限りあれば、例の作法にをさめたてまつる<u>を</u>、母北の方、「お
　　なじ煙にも、のぼりなむ」と、泣きこがれ給ひて、御送りの女
　　房の車に慕ひ乗りたまひて、愛宕といふ所に、（源氏・32・8）

(18) 蛍のとびありきける<u>を</u>、「かれとらへて」とこのわらはにのた
　　まはせければ、汚袗の袖に蛍をとらへて、つつみて御覧ぜさす
　　とてきこえさせける　（大和・249・10）

(19) いと白く清げにて、珍しと思ひてかきなでつつ、うち泣く<u>を</u>、
　　いとあはれに見捨てがたく思へど（更級・481・16）

---

3)「源氏」24例「伊勢」11例「大和」37例「和泉」19例「更級」11例

(20) 御後見すべき人もなく、又、世のうけひくまじきことなけれ
    ば、中なか危くおぼし憚りて、色にも出ださせ給はずなりぬる
    を「さばかり思したれど、限りこそありけれ」と、世の人も聞
    え、女御も御心おちゐ給ひぬ（源氏・42・12）

(21) むすめありとききて、ある人なむ「得む」といひけるを、「い
    とよきことなり」といひけり（大和・296・10）

　　類型Ⅱ-Ⅰは構文上「連体形+を」を承ける述語は見当たらないが、
述語が省略されているものとも考えられる種類である。例えば用例
(17)は「をさめたてまつるを」の後に「見て」を、用例(18)は「蛍のと
びありきけるを」の後に「見て」のような動詞を補うことにより、格
助詞としての用法とも取れる。用例(19)(20)にも同じことが言えるが、
用例(21)は「聞いて」が省略されていると考えられる。この類型の特
徴は省略された述語として推定可能な動詞は「見る」「聞く」等の知覚
動詞であるということである。また、「連体形+を」の後に会話文が続
くことも特徴として挙げられる。この類型も中古に入り、散文資料に
見られるようになったもので、解釈により接続助詞または格助詞の用
法に分類できるが、本研究での分類基準に従い、接続助詞の過渡的用
法とする。出現頻度数は中古における資料に現れた「連体形+を」の総
計324例中19例(6%)である。4)

3-1-5 類型Ⅲ（連体形+を+述語なし・「を」文末に位置）

　「連体形+を」を承ける述語がなく、助詞「を」は文末に位置する。
この類型は強い詠嘆の気持を表すところに特徴があり、本研究では類
型Ⅲと命名する。その用例を挙げると次のようである。

---

4)「源氏」3例「伊勢」7例「大和」3例「和泉」3例「更級」3例

(22) 「などかひさしくみえざりつる。とほざかるむかしのなごりに
もおもふを」(和泉・1・7)

(23) さぶらふ人びとの泣きまどひ、上も御涙のひまなく流れおはし
ますを、「あやし」と見たてまつり給へるを。(源氏・32・7)

(24) 「みたてまつりて、委しく、御有様も奏し侍らまほしきを、ま
ちおはしますらんを。夜ふけ侍りぬべし」(源氏・36・14)

(25) 「いとかくつれづれにながめ給ふらんを。思ひおきたることな
けれどただおはせかし。」(和泉・42・112)

　用例(23)は若宮(源氏)が桐壺の死後、更衣の里に退出する場面である
が、現代語訳は次のようである。「おそばの人々が泣きまどい、帝もと
めどなく落涙しておいでになるのを、不審なことと眺めていらっしゃ
ることである。」用例(24)は「桐壺」が亡くなったあと勅使が母君を訪
れた後、帰参を急いでいる場面で現代語訳は「お目どうりして、その
ご様子もくわしく奏上いたしとうございます。主上がお待ちかねでい
らっしゃいまようから。夜も更けてしまいしょう」」となる。このよう
に類型Ⅲは文末に位置し詠嘆・強意等の意味を添えるので間投助詞と
しての用法と思われる。類型Ⅲ出現頻度数は中古における資料に現れ
た「連体形+を」の総計324例中28例(9%)である。5)

3-2 類型別出現頻度数による傾向

　以上中古における「連体形+を」の類型別分類とその特徴について調
査、考察を行ったが、ここでは上述した内容をまとめ、類型別出現頻
度数による傾向を中心に述べることにする。中古時代における資料に
現れた「連体形+を」の総計324例中で各類型の出現頻度数は次のよう

---

5)「源氏」2例「伊勢」9例「大和」6例「和泉」11例「更級」0

である。

　　　・類型Ⅰ(格助詞としての用法) : 124例(38%)
　　　・類型Ⅰ-Ⅰ(格助詞の過渡的用法) : 51例(16%)
　　　・類型Ⅱ(接続助詞としての用法): 102例(31%)
　　　・類型Ⅱ-Ⅰ(接続助詞の過渡的用法): 19例(6%)
　　　・類型Ⅲ(間投助詞としての用法) : 28例(9%)である。

これをまとめると「表A」になる。[6]

類型	Ⅰ (格)	Ⅰ-Ⅰ (格・過)	Ⅱ (接続)	Ⅱ-Ⅰ (接続・過)	Ⅲ (間投)	計
頻度数	124(38)	51(16)	102(31)	19(16)	28(9)	324

「表A」中古における「連体形+を」の類型別出現頻度数

　これを見ると中古における「連体形+を」は格助詞として用法は38%と最も高い割合を示すが、接続助詞としての用法も31%であり、格助詞としての用法と並んで高い数字となっている。これを見ると中古では接続助詞としての用法は相当盛んに使われていたことが分かる。間投助詞としての用法は9%で、格助詞の過渡的用法と接続助詞の過渡的用法の割合を合わせると25%となっているが、この類型は上代には現れず、中古の散文文献によって新しく確認される類型である。

3-3　上接語による傾向

　ここでは「連体形+を」の上接語を中心とした各類型別特徴について

---

6) 各作品における頻度数は別紙の「表3」

調査、考察する。上接語は先ず品詞別に分類しその出現頻度数を調べる。次は分類した品詞の中で助動詞の種類を中心とした調査、考察を行うことにする。

3-3-1 「連体形＋を」の上接語

　中古の資料に現れた各類型別「連体形＋を」の上接語の品詞について調査、考察することにする。各類型別上接語の品詞は次のようである。

① 類型Ⅰ（連体形＋を＋述語）（総123例）

　・「動詞＋を」（46例）

(26)「……となむおぼえし」とあるを見る心地、いへばさらなり。

（更級・506・16）

(27) こともなき女どもの、ゐなかなりければ、田刈らむとて、この男のあるを見て、（伊勢・58）

(28)「いと弱くなりたまひにたり」といひて泣くをきくに、さらにえきこえず。（大和・280・7）

　・「形容詞＋を」（10例）

(29) いとおもしろきを折りて、（伊勢・20）

(30) この殿のおもしろきをほむるうたよむ。（伊勢・81）

(31) 同じ帝、立田川の紅葉いとおもしろきを御覧じける日、人麿、

（大和・323・4）

　・「形容動詞＋を」（1例）

(32) 顔容貌のいとうつくしげなるをみて、よろずのことおぼえず、心にかかりて、夜(昼)いとわびしく、やまひになりておぼえけ

れば、（大和・326・5）

・「助動詞+を」（66例）[7]

(33) かしこき相人ありけるを聞し召して、（源氏・43・15）

(34) 一日の御かへりのつねよりもものおもひたるさまなりしをあはれとおぼしいでていたうふりあかしたるつとめて（和泉・14・6）

(35) うち見合はせて涙をほろほろと落として、やがて出でぬるを見をくる心地、（更級・505・3）

② 類型Ⅰ－Ⅰ（連体形+を+従属節+述語）（総51例）

・「動詞+を」（10例）

(36) 山の中ら許の、木の下のわづかなるに、葵のただ三節ばかりあるを、世離れてかかる世中にしも生いけむよと、人びとあはれがる（更級・486・17）

(37) さぶらふ人々の泣きまどひ、上も御涙のひまなく流れおはしますを、「あやし」と見たてまつり給へるを。（源氏・32・6）

(38) 我許物思(ふ)人は又もあらじと思へば水の下にも有(り)けりとよむを、来ざりけるおとこ立ちききて、（伊勢・27）

・「形容詞+を」（3例）

(39) 藤の花のいとおもしろきを、これかれ盛をだに御らんぜで
（大和・259・6）

(40)「……」などやうに、乱りがはしきを、「心をさめざりける程」と、御覧じゆるすべし。（源氏・40・1）

---

7) 詳しくは次の通りである。
き:5　けり:32　つ:2　ぬ:1　たり:11　なり:3　めり:1　ず:5　む:3　る:1　り:2

・「形容動詞+を」（1例）

(41) なほ、にほはしさは、譬へん方なく美しげなるを、世の人「光る君」ときこゆ。（源氏・47・10）

・「助動詞+を」（37例）8)

(42) かくてきたりけるを、「いまはかへりぬ」といひやらひければ、（大和・261・12）

(43) かくて心のへだてもなくあはれなれば、いとあはれとおもふほどに、男は心かはりにければ、ありし如もあらねば、かの筑紫に親同胞などありければいきけるを、男も心かはりにければ、とどめでなむやりける。（大和・306・6）

(44) これは、2条の后のいとこの女御の御もとに、仕うまつるやうにてゐ給うへりけるを、かたちのいとめでたくおはしければ、盗みて負ひていでたりけるを御兄人堀河の大臣、太郎国経の大納言、まだ下らうにて内へまいり給ふに、いみじう泣く人あるをききつけて、とどめてとりかへし給うてけり。（伊勢・6）

③ 類型Ⅱ（連体形+を+述語なし・「を」文中に位置）（総102例）

・「動詞+を」（17例）

(45) これをいかで得んと思ふに、女もねうじわたるを、いかなる折りにかありけん、あひみけり。（伊勢・139）

(46) 「さるべき縁のいささかありて、この中の君のすずろにあはれと思(ひ)いで給へば、ただしばしここにあるを、このごろ下衆の中にありて、いみじうわびしきこと」（更級・495・11）

(47) なおさるにてこそはと思(ひ)てあるに、煩ふ姉おどろきて、

---

8) 詳しくは次の通りである。
　き:1　けり:22　ぬ:2　たり:7　なり:3　ず:1　む:1

「いづら、猫は。こちゐて来」とあるを、「など」と問へば、
「……省略……」と語り給(ふ)を聞くに、いみじくあはれ也。

(更級・495・8)

・「形容詞＋を」(6例)

(48)「今までとまり侍るが、いと憂きを、かかる御使の、蓬生の露
　　分け入り給ふにつけても、いと、はづかしうなむ」

(源氏・34・13)

(49) しばしは、夢かとのみ、たどられしを、やうやう思ひしづまる
　　にしても、さむべき方なく、たへ難きは、「如何にすべきわざ
　　にか」とも、問ひあはすべき人だになきを、忍びては
　　まゐり給ひなむや。(源氏・35・6)

(50)「わが御世もいと定めなきを、ただ人にて、おほやけの御後見
　　をするなむ、行くさきも頼もしげなること」(源氏・44・15)

・「形容動詞＋を」(1例)

(51) 一の宮のこともきこえきりてあるを、さりとて山のあなたにし
　　るべする人もなきを、かくてすぐすもあけぬ夜の心ちのみすれ
　　ば (和泉・44・1)

・「助動詞＋を」(78例)9)

(52) よろしきことだに、かかる別れの悲しからぬはなきわざなる
　　を、まして哀にいふかひなし。(源氏・32・7)

(53) 男女あひしりて年経にけるを、いささかなることによりはなれ
　　にけれど、あくとしもなくて止みにしかばにやありけむ、男も

――――――――――――――――

9) 詳しくは次の通りである。
　き:15　けり:35　つ:8　たり:1　なり:4　めり:3　ず:4　じ:2　む:1　る:1
　まほし:1　まし:1　べし:1　けむ:1　り:1

あはれと思ひにけり。(大和・235・5)

(54) 「春まで命あらばかならずこむ。花ざかりはまづ告げよ」など
いひて帰りにしを、年かへりて 三月十余日になるまでをともせ
ねば、(更級・502・13)

④ 類型Ⅱ－Ⅰ(連体形＋を＋述語省略)(総19例)

・「動詞+を」(7例)

(55) 見る目のいときたなげなきに、声さへ似るものなく歌ひて、さ
ばかり恐ろしげなる山中にたちて 行くを、人々飽かず思(ひ)て
みな泣くを、おさなき心地にはましてこの宿りを立たむことさ
へ飽かずおぼゆ。(更級・486・3)

(56) 「ひたぶるに待つとも言はばやすらはで行くべきものを君が家
路におろかにやと思ふこそ苦し けれ」とあるを「なにかここに
は、かかれどもおぼつかなくも思ほえずこれも昔のえにこそあ
るらめと思ひたまふれど、なぐさめずはつゆ」と聞こえたり。

(和泉・8・8)

(57) 「……省略……」とあるをかからぬことだに人はいふとおぼすに
いと心うくて、(和泉・76・2)

・「助動詞+を」(12例)[10]

(58) 蛍のとびありきけるを、「かれとらへて」とこのわらはにのた
まはせければ、汗衫の袖に蛍をとらへて、つつみて御覧ぜさす
とてきこえさせける、(大和・249・10)

(59) 「さらば、明日物越しにても」といへりけるを、限りなくうれ
しく、又、うたがはしがりければ、おもしろかりける桜につけ
て (伊勢・90)

_____

10) 詳しくは次の通りである。
けり:10 ぬ:1 なり:1

(60) この女かく書きをきたるを、異しう、心をくべきこともおぼえ
    ぬを、何によりてかかからむと、いといたう泣きて、いづかた
    に求め行かむと門に出でて、と見かう見みけれど、い
    づこをはかりとも覚えざりければ、かへり入りて (伊勢・21)

⑤ 類型Ⅲ (連体形＋を＋述語なし・「を」文末に位置) (総28例)

　・「動詞＋を」(1例)

(61)「などかひさしくみえざりつる。とほざかるむかしのなごりも
    おもふを」(和泉・1・7)

　・「助動詞＋を」(27例)[11]

(62)「いとかくつれづれにながめ給ふらんを。思ひおきたることな
    けれどただおはせかし……」(和泉・42・11)
(63) 雨うちふりていとつれづれなる日此女はくもまなきながめに世
    のなかをいかになりぬるならんとつきせずながめて、すきごと
    する人々はあ又あれどただいまはともかくもおもはぬを。

(和泉・13・1)

以上の内容は次のようにまとめられる。

　・類型Ⅰ (格助詞としての用法)の上接語(総124例)
　　:「動詞」38%、「形容詞」8%、「形容動詞」1%、「助動詞」53%
　・類型Ⅰ―Ⅰ (格助詞の過渡的用法)の上接語(総51例)
　　:「動詞」20%、「形容詞」6%、「形容動詞」2%、「助動詞」72%
　・類型Ⅱ (接続助詞としての用法)の上接語(総102例)

---

11) 詳しくは次の通りである。
　　き:5　けり:2　つ:3　ず:4　じ:7　む:2　まほし:2　り:2

　　　　：「動詞」17%、「形容詞」6%、「形容動詞」1%、「助動詞」76%
　　　・類型Ⅱ-Ⅰ(接続助詞の過渡的用法)の上接語(総19例)
　　　　：「動詞」37%、「助動詞」63%
　　　・類型Ⅲ(間投助詞としての用法)の上接語(総29例)
　　　　：「動詞」4%、「助動詞」96%

これを表にまとめると次のようになる。(「表B」)

「表B」を見ると次のような傾向のあることが言えよう。

　　　・類型Ⅰ(格助詞としての用法) の上接語
　　　　：「動詞」または「助動詞」である。
　　　・類型Ⅰ-Ⅰ(格助詞の過渡的用法)の上接語
　　　　：「助動詞」が多い。
　　　・類型Ⅱ(接続助詞としての用法)の上接語
　　　　：「助動詞」が多い。
　　　・類型Ⅱ-Ⅰ(接続助の詞過渡的用法)の上接語
　　　　：「動詞」と「助動詞」が多い。
　　　・類型Ⅲ(間投助詞としての用法)の上接語
　　　　：ほぼ「助動詞」

類型＼上接語	Ⅰ (格)	Ⅰ-Ⅰ (格・過)	Ⅱ (接続)	Ⅱ-Ⅰ (接続・過)	Ⅲ (間投)	計
動詞	47(38)	10(20)	17(17)	7(37)	1(4)	81
形容詞	10(8)	3(6)	6(6)	0	0	19
形容動詞	1(1)	1(2)	1(1)	0	0	4
助動詞	66(53)	37(72)	78(76)	12(63)	28(96)	221
計	124	51	102	19	29	324

「表B」中古における「連体形+を」の類型別上接語

　これを見ると格助詞としての用法の特徴として上接語に「動詞」が多いことが挙げられる。これは類型の用法である類型Ⅱ-Ⅰと同じ傾向を示す。接続助詞としての用法は上接語に「助動詞」が多いが、過渡的用法の類型Ⅰ-Ⅰとほぼ同じ数字を示している。間投助詞としての用法の上接語はほぼ「助動詞」に限られているところにその特徴が認められる。

3-3-2「助動詞＋を」の上接語

　では、「助動詞＋を」の中にはどんな種類があるか調査、考察することにする。中で主な上接語だけを「表」にすると次のようである。12)（「表C」）

類型 助動詞	Ⅰ (格)	Ⅰ-Ⅰ (格・過)	Ⅱ (接続)	Ⅱ-Ⅰ (接続・過)	Ⅲ (間投)
き	5(8)	1(3)	15(19)	0	6(21)
けり	32(48)	22(59)	35(46)	10(84)	2(7)

「表C」中古における「助動詞＋を」の類型別上接語

「表C」によると次のような傾向が見られる。

　　・類型Ⅰ(格助詞としての用法)の上接語
　　　：「けり」が最も多く、上接語は多様である。
　　・類型Ⅰ-Ⅰ(格助詞の過渡的用法)の上接語
　　　：「けり」が最も多く、上接語は多様である。
　　・類型Ⅱ(接続助詞としての用法)の上接語
　　　：「けり」が最も多く、「き」も19％となっている。

---

12)「助動詞＋を」の詳しい数字は別紙の「表4」

　　　・類型Ⅱ-Ⅰ(接続助詞の過渡的用法)の上接語
　　　　：ほぼ「けり」となっている。
　　　・類型Ⅲ(間投助詞としての用法)の上接語
　　　　：「そのほか」が最も多いが、「き」も21%となっている。

　格助詞としての用法と格助詞の過渡的用法は同じ傾向を示し、接続
助詞としての用法は上接語として「き」があることが特徴と言える。
この点においては間投助詞としての用法と一致している。接続助詞の
過渡的用法は上接語としてほぼ「けり」となっており、「けるを」の形
に固定化している。

3-4 上代との比較

　ここでは上代の「連体形+を」と比較を通じ、上代から中古にかけて
の変化を考察したい。先ず「連体形+を」の類型別出現頻度数を比較す
るが、それを「表」にまとめると次のようである。(「表D」)

時代＼類型	Ⅰ (格)	Ⅰ-Ⅰ (格・過)	Ⅱ (接続)	Ⅱ-Ⅰ (接続・過)	Ⅲ (間投)	計
上代	28(15)	0	107(60)	0	46(25)	181
中古	124(38)	51(16)	102(31)	19(6)	28(9)	324

「表D」上代. 中古における「連体形+を」の類型別出現頻度数

　「表D」をみると上代から中古にかけて次のような変化の起ったこと
がわかる。

　　　・増加：類型Ⅰ(格助詞としての用法)：15%から38%へ

・減少 ： 類型Ⅱ(接続助詞としての用法)：60%から31%へ

　　　　　類型Ⅲ(間投助詞としての用法)：25%から9%へ

・新出 ： 類型Ⅰ-Ⅰ(格助詞の過渡的用法)：16%

　　　　　類型Ⅱ-Ⅰ(接続助詞の過渡的用法)：6%

　増加しているのは類型Ⅰ(格助詞としての用法)だけで他は減少しており、特に注目すべきは中古に入り類型Ⅰ-Ⅰ(格助詞の過渡的用法)と類型Ⅱ-Ⅰ(接続助詞の過渡的用法)が新出していることである。では「連体形+を」の上接語の変化について調査、考察する。「表」にまとめると次のようである。(「表E」)

類型	Ⅰ (格)		Ⅰ-Ⅰ (格・過)		Ⅱ (接続)		Ⅱ-Ⅰ (接続・過)		Ⅲ (間投)	
上接語＼時代	上代	中古	上代	中古	上代	中古	上代	中古	上代	中古
動詞	39	38	0	20	11	17	0	37	2	4
形容詞	11	8	0	6	10	6	0	0	4	0
形容動詞	0	1	0	2	0	1	0	0	0	0
助動詞	50	53	0	72	79	76	0	63	94	96

「表E」上代・中古における「連体形+を」の上接語(数字は%を表す)

　「表E」をみると類型Ⅰは「動詞」は39%から38%、「形容詞」は11%から8%、「形容動詞」は0%から1%、「助動詞」は50%から53%となっているが、大きい変化は見当たらない。この傾向は類型Ⅱ・類型Ⅲにも同じことが言え、中古に入り新しく発生した格助詞・接続助詞の過渡的用法である類型Ⅰ-ⅠとⅡ-Ⅰの存在することを除くとあまり変化は見られないようである。

　次は「助動詞+を」の様相を調査、考察する。詳しい内容は前に触れ

た通りであり、ここでは上代との比較のため代表的な助動詞として
「き」「けり」だけを取り上げ、「表」にまとめる。(「表F」)

類型	I (格)		I-I (格・過)		II (接続)		II-I (接続・過)		III (間投)	
時代 助動詞	上代	中古	上代	中古	上代	中古	上代	中古	上代	中古
き	36	8	0	3	19	19	0	0	3	21
けり	0	48	0	59	0	46	0	84	0	7

「表F」上代・中古における「助動詞+を」の上接語(数字は%を表す)

　「表F」によると中古に入り、上接語として「き」は格助詞としての
用法では減少・接続助詞としての用法では同じ・間投助詞としての用
法では増加している。「けり」は間投助詞としての用法では若干の増加
を見せるが、全類型にかけて大幅増加している。「けるを」の入る文の
特徴として説明調の文であることと、「けるを」の後に会話文が入るこ
とを挙げられる。中古に入り、散文の発達と共に「けるを」の形が著
しく増加するのは自然な現象であると思われる。

3-5 まとめ

　以上、中古の「連体形+を」について調査、考察を行ったが、その内
容をまとめると次のようである。

　① 中古における「連体形+を」は類型 I・類型 I-I・類型 II・類型
II-I・類型III 5種類に分けられ、それぞれ格助詞・格助詞の過渡的用
法・接続助詞・接続助詞の過渡的用法・間投助詞としての用法に分類

されるが、接続助詞の過渡的用法の類型Ⅰ-Ⅰ・類型Ⅱ-Ⅰは中古に入り新出する。

　②　各類型の出現頻度数は格助詞としての用法38%・格助詞の過渡的用法16%・接続助詞としての用法31%・接続助詞の過渡的用法6%・間投助詞としての用法9%であり、格助詞としての用法が最も多いが、接続助詞としての用法も多く現れている。間投助詞としての用法はあまり現れない。これを上代と比べると次のような変化のあることが分かる。

- ・類型Ⅰ(格助詞としての用法)：23%増加
- ・類型Ⅱ(接続助詞としての用法)：29%減少
- ・類型Ⅲ(間投助詞としての用法)：16%減少
- ・新出 ： 類型Ⅰ-Ⅰ(格助詞の過渡的用法) 16%
　　　　　　類型Ⅱ-Ⅰ(接続助詞の過渡的用法) 6%

　③「連体形＋を」の各類型別主な上接語は次のようである。

- ・類型Ⅰ(格助詞としての用法)：「動詞」「助動詞」
- ・類型Ⅰ-Ⅰ(格助詞の過渡的用法)：「助動詞」
- ・類型Ⅱ(接続助詞としての用法)：「助動詞」
- ・類型Ⅱ-Ⅰ(接続助詞の過渡的用法)：「動詞」「助動詞」
- ・類型Ⅲ(間投助詞としての用法)：「助動詞」

この傾向は上代とあまり変化が見られない。

　④「助動詞＋を」の主な「助動詞」として「き」「けり」を挙げられるが、各類型の特徴は次のようである。

- ・類型Ⅰ(格助詞としての用法)：「けり」が多い
- ・類型Ⅰ-Ⅰ(格助詞の過渡的用法)：「けり」が多い
- ・類型Ⅱ(接続助詞としての用法)：「けり」が多い
- ・類型Ⅱ-Ⅰ(接続助詞の過渡的用法)：「けり」が多い

・類型Ⅲ(間投助詞としての用法)：「き」が多い

　又、主な上接語として「き」「けり」の変化を上代と比べると次のようなことが言える。

　「き」は格助詞としての用法では減少・接続助詞としての用法では同じ・間投助詞としての用法では増加している。「けり」は間投助詞としての用法では若干の増加を見せるが、全類型にかけて大幅に増加している。「けるを」の形は上代には現れないが、中古に入り急激に増えている。

第4章 中世における「連体形+を」

第4章 中世における「連体形+を」

　日本語を古代語と近代語に大きく二分すると、その境界の言語が中世語であり、その意味で古代日本語から近代日本語への過渡的的要素を含んでいると云える。特にこの時代には、口語と文語との差も大きく、口語資料が豊富で、キリシタン資料等の外国資料が多い。このような状況の中で中世における助詞「を」にどのような特徴・変化が現れているかを調査、考察する。前節と同様、中世の資料に現れた「連体形+を」を類型別に分類し、その様子を考察する。また、分類された各類型は格助詞・接続助詞・間投助詞としての用法との関連について考察し、中世における「連体形+を」の特徴を明らかにする。さらに「連体形+を」の上接語を調査し各類型の特徴を考察する。これらの調査、考察した内容は中古と比較し、助詞「を」の用法の変化について探って見たい。

4-1 類型別分類と特徴

　中世における「連体形+を」を類型別に分類すると類型Ⅰ・類型Ⅰ-Ⅰ・類型Ⅱ・類型Ⅱ-Ⅰ・類型Ⅱ-Ⅱ・類型Ⅲの6種類に分類する。類型別用例をみると次ようである。

4-1-1 類型 I（連体形＋を＋述語）

　文脈から考えて、対応する述語用言があり、目的語となっている連体形を承けていると考えられる。構文的特徴は「連体形＋を」とそれを承ける述語が近くに位置することであり、本研究では類型 I と命名する。その用例を挙げると次のようである。

　　(1) 女のはぎの白きを見て（徒然草・上・8段）
　　(2) 涙の落つるをうち払ひて（とはず・220・13）
　　(3) 忍ぶとすれど、いたう時雨させ給へるを見たてまつるに
　　　　　　　　　　　　　　　　　　　　　　　　　　（増鏡・475・1）
　　(4) おそれ入て候へ共、年ごろの傍輩のうたれ候を、見すててにぐる不覚人や候べき。（曾我・396・1）

　用例(1)の「はぎの白き」を承ける述語は「見て」であり、用例(2)の「涙の落つる」を承ける述語は「うち払ひて」であり、用例(3)の「時雨させ給へる」を承ける述語は「見たてまつる」であり、用例(4)の「傍輩のうたれ候」を承ける述語は「見すてて」である。このように類型 I は「連体形＋を」を受ける述語がヲ格のすぐ後に存在することから格助詞の用法と考えられる。類型 I の出現頻度数は中古における資料に現れた「連体形＋を」の総用例数1086例中676例(62%)である。[1]

4-1-2 類型 I－I（連体形＋を＋従属節＋述語）

　「連体形＋を」と述語との間に従属節等が入り、「連体形＋を」が表す内容は目的語の行為・状態等であるが、従属節を取り除けば格助詞としての分類も可能である。しかし、長い従属節が挿入された場合は

―――――――――――――――

1) 類型 I の各資料別出現頻度数は次の通りである。
　「建礼門院」39例「とはずがたり」130例「徒然草」81例「増鏡」124例
　「曾我物語」127例「天草版平家物語」143例「伊曾保」32例

「……だが、」のように接続助詞の用法としての解釈も可能となる。この類型は「連体形+を」と述語との間に挿入された従属節は時代が下がるにつれて長文から短い文へと変化し、結局、類型Ⅰの格助詞としての用法に吸収されていったことが推定できる。本論文では類型Ⅰ−Ⅰと命名する。その用例を挙げると次のようである。

(5) 女、童部あはて迷出けるを、信西が姿を替てや出らんとて<u>打殺</u>しきりころし散々に負ければ（平治・196・10）

(6) その夜の月おもしろかりしを、登花殿のかたなどにて、<u>人々具して見て</u>、その暁出でてつとめて、（建礼門院・56・20）

(7) ……とすすみければ、力なく、御馬屋の小平次におほせ付られ、きらるべかりしを、大房が、「親の敵にて候」とて、ひらに申うければ、<u>わたされにけり</u>。（曾我・375・3）

　用例(5)は目的語「迷い出ける」を述語「打殺切ころし」で承けている。用例(6)(7)は目的語「月おもかりし」「きらるべかりし」を述語「見て」「わたされにけり」で各々承けている。
　「連体形+を」と述語との間に従属節が入り、目的語と述語が離れているが、介入した従属節は中古と比較するとやや短くなり、述語と従属節との隔たりによって生じる格助詞としての用法であるかまたは接続助詞としての用法であるかという曖昧な用例は少なくなっている。類型Ⅰ−Ⅰの出現頻度数は中古の資料に現れた「連体形+を」の総用例数1086例中86例(8%)である。[2]

---

2) 類型Ⅰ−Ⅰの各資料での出現頻度数は次の通りである。
　「建礼門院」5例「とはずがたり」5例「徒然草」9例「増鏡」23例
　「曾我物語」13例「天草版平家物語」29例「伊曾保」2例

4-1-3 類型Ⅱ（連体形＋を＋述語なし・「を」文中に位置）

　文脈から考えて「連体形＋を」を承ける述語はなく、「連体形＋を」は文中に位置し、前句と後句を接続する働きをする。本研究では類型Ⅱと命名する。その用例を挙げると次のようである。

> (8) 御政務の事、御立ちのひしめきの頃は、女院の御方ざまもうちとけ申さるる事もなかりし<u>を</u>、この頃は常に申させおはしましなどするに（とはず・76・12）
>
> (9) 八重桜は奈良の都にのみありける<u>を</u>この頃ぞ、世に多く成(り)侍なる。（従然草・下・139段）
>
> (10) そののちも、豊の明りの節会の夜、さえかへりたる有明にまゐられたりしけしき、優なりし<u>を</u>、ほどなくはかなくなられにしあはれさ、あへなくて、その夜の有明、雲のけしきまで、形見なるよし、人々つねに申し出づるに、（建礼・163・10）
>
> (11)　ほり起てみれば、いまだ目もはたらき息もかよひける<u>を</u>、首を取てぞ帰ける。（平治・201・6）

　この類型は文の中で「連体形＋を」を受ける述語は見当たらず、接続助詞としての用法と考えられるが、用例(8)は前句「うちとけ申さるる事もなかりし」と後句「この頃は常に申させおはしましなどする」との間に意味的対立関係が認められ、逆接の接続助詞となる。

　用例(9)も同じく前句「奈良の都にのみありける」と後句「この頃ぞ、世に多く成(り)侍る」との間に意味的対立関係が認められ、逆接の接続助詞となる。用例(10)は前句「有明にまゐられたりしけしき、優なりし」と後句「ほどなくはかなくなられにしあはれさ」との間には意味的対立もなく、また、因果関係も認められないので単純な接続である。用例(11)は前句「いまだ目もはたらき息もかよひける」と後句「首を取りてぞ帰ける」との間に意味的対立が認められ、逆接の接

続助と考えられる。出現頻度数は中古における資料に現れた「連体形+を」の総用例数1086例中242例(22%)である。3)

4-1-4 類型Ⅱ-Ⅰ(連体形+を+述語省略)

　構文上「連体形+を」を承ける述語は見当たらないが、述語が省略されているものとも考えられる。この類型は「連体形+を」を承ける述語がないという点では接続助詞と分類できるが、意味的観点から「連体形+を」の後に「見て」「聞きて」等の述語を補うことにより格助詞としての分類も可能となる。本研究ではこの類型を類型Ⅱ-Ⅰと命名する。その用例を挙げると次のようである。

> (12) 人も皆太刀抜き、矢はげなどしけるを、具覚房、手を摺りて、「現し心なく酔(ひ)たる者に候。まげて許し給はらん」と言ひければ、おのおの嘲(り)て過(ぎ)ぬ。(徒・上・87段)
> (13)「三ばかりの子のゆゆしきをいだき、前栽にてあそびつるを、「誰そ」ととへば、かへり事もせでにげつるは、誰にや」ととふ。(曾我・105・1)
> (14)「皇子誕生ぞや」と、いと高らかにのたまふを、あまりの事にみなあきれて、「まことか」と大臣の給ままに悦の御涙で落ちぬる。(増鏡・301・1)

　用例(12)は「人も皆太刀抜き、矢はげなどしけるを」の後に「見て」を補うことにより格助詞としての用法と考えられるが、構文上述語が省略されているので接続助詞とも考えられる。用例(13)は「三ばかりの子のゆゆしきをいだき、前栽にてあそびつるを」の後に「見

---

3) 類型Ⅱの各資料での出現頻度数は次のようである。
　「建礼門院」46例「とはずがたり」70例「徒然草」21例「増鏡」42例
　「曾我物語」44例「天草版平家物語」29例「伊曾保」2例

て」が、用例(14)は「いと高らかにのたまふを」の後に「聞きて」が省略されているとも考えられる。考えにより格または接続助詞としての用法となるが、ここでは本論文での分類基準に従い、格助詞の過渡的用法とする。中古における資料に現れた「連体形+を」の総用例数1086例中45例(4%)である。4)

4-1-5 類型Ⅱ-Ⅱ(連体形+を+指示代名詞+を+述語)

「連体形+を」と述語との間に従属節等が入り、「連体形+を」が表す内容を再び「指示代名詞+を」で明示する。文中の述語は「指示代名詞+を」を承けるもので「連体形+を」を承けるものではない。しかし、「連体形+を」の表す内容と「指示代名詞+を」の表す内容は同一なものであるため、述語は「連体形+を」と「指示代名詞+を」の、両方の目的格を承けるものとも考えられるので類型Ⅱ-Ⅱと命名する。その用例を挙げると次のようである。

> (15) おのれがつばさに結びつけた玉章をくい切って落いた<u>を</u>、官人<u>これを</u>取って、 帝え奉ったれば (天草版平家・69・11)
> (16) あまりの悲しさにこらえかねて、続いて海へ入らうとする<u>を</u>滝口<u>これを</u>見て、いかに汝わされば御遺言をば違え奉るぞ
> (天草版平家・319・3)
> (17) 五穀を出いて日に曝し、風に吹かする<u>を</u>蝉が来て<u>これを</u>貰うた。(伊曾保・65・13)

類型Ⅱ-Ⅱは「連体形+を」と述語の間に従属節等が入り、「連体形+を」の表す内容を「体言+を」で明示している。つまり「連体形+を」

---

4) 各資料での類型Ⅱ-Ⅰの出現頻度数は次の通りである。
「建礼門院」0「とはずがたり」7例「徒然草」19例「増鏡」3例
「曾我物語」3例「天草版平家物語」13例「伊曾保」0

が表す内容を「代名詞+を」で再び明示しているのである。例えば用例
(15)の「連体形+を」の表す内容「くい切って落いた」のは「玉章」
で、代名詞「これを」が表す内容も同じ玉章である。用例(16)の滝口
が見たのは「海へ入らふとする」行為である。用例(17)も同じく蝉が
貰ったのは「五穀」であり、すべて「連体形+を」が表す内容と「代名
詞+を」は同じ事柄・物等を表している。これについて佐藤武義は『今
昔物語』の用例を挙げ、次のように述べている。[5]

> 母、隣ニ行テ暫ク有ルヲ、大天還テ、此ヲ『蜜ニ隣ニ行テ他ノ男ニ
> 娶スルゾ』ト思ヒテ。(巻四・第二十三)
> 「～を」を代名詞が受ける場合、「母は隣家に行ってしばらく帰らな
> いので、大天は家に帰って、このように帰らないことを……」と、
> 「を」を接続助詞と考えないと、「～を」の係る個所がなくなってし
> まう。このようなことから、この「を」を接続助詞と考え、これを
> 伴なう句が代名詞に係ると考えるのである。しかし、この文の構造
> を「大天還テ、母、隣ニ行テ暫ク有ルヲ、『密に……』ト思ヒテ」と
> 変形することも可能で、この場合の「を」は格助詞と考えられる。

　この類型は中世に入り新出した類型であるが、特に注意すべきはキ
リシタン資料で目立つということであり、解釈により「連体形+を」が
接続助詞とも解釈できるが、格助詞であることを「代名詞+を」の形で
明確にしているとも考えられる。佐藤武義によると類型Ⅱ-Ⅱは格助詞
としての用法と分類されているが、本論文では接続助詞の過渡的用法
とする。出現頻度数は中古における資料に現れた「連体形+を」の総用
例数1086例中27例(3%)である。[6]

---

5) 佐藤武義(1965) p.22
6) 類型Ⅱ-Ⅱの各資料別出現頻度数は次の通りである。
　「建礼門院」0「とはずがたり」3例「徒然草」0「増鏡」0「曾我物語」4例
　「天草版平家物語」12例「伊曾保」8例

4-1-6 類型Ⅲ(連体形+を+述語なし・「を」文末に位置)

「連体形+を」を承ける述語はなく、助詞「を」は文末に位置する。この類型は強い詠嘆の気持を表すところに特徴があり、本研究では類型Ⅲと命名し、間投助詞としての用法とする。その用例を挙げると次のようである。

> (18) かへしに、「われしも思ひ出づるを」など、さしもあらじとおぼゆることどもいひて (建礼門院・72・6)
> (19) 思ひわかでなにとなぎさの波ならばぬるらむ袖のゆゑもあらじを。(建礼門院・67・8)
> (20) 春きぬとたれうぐひすに告げつらむ竹のふるすは春もしらじを。(建礼門院・136・8)

類型Ⅲは文末に位置し詠嘆等の意を添加したり、意味を強めたりする間投助詞としての用法である。出現頻度数は中古における資料に現れた「連体形+を」の総用例数1086例中10例(1%)である。7)

4-2 類型別出現頻度数による傾向

以上述べた内容をまとめると次の通りである。

中古における資料に現れた「連体形+を」の総用例数1086例中、

> ・類型Ⅰ(格助詞としての用法) :676例(62%)
> ・類型Ⅰ-Ⅰ(格助詞の過渡的用法):86例(8%)
> ・類型Ⅱ(接続助詞としての用法) :242例(22%)

---

7) 類型Ⅲの各資料における出現頻度数は次のようである。
　「建礼門院」5例「とはずがたり」0例「徒然草」0「増鏡」3例
　「曾我物語」2例「天草版平家物語」0「伊曾保」0

・類型Ⅱ-Ⅰ(接続助詞の過渡的用法)：45例(4%)
・類型Ⅱ-Ⅱ(接続助詞の過渡的用法)：27例(3%)
・類型Ⅲ(間投助詞としての用法)：10例(1%)

これを「表」にまとめると次のようである。(「表A」)

類型	Ⅰ (格)	Ⅰ-Ⅰ (格・過)	Ⅱ (接続)	Ⅱ-Ⅰ (接続・過)	Ⅱ-Ⅱ (接続・過)	Ⅲ (間投)	計
頻度数	676(62)	86(8)	242(22)	45(4)	27(3)	10(1)	1086

「表A」中世における「連体形+を」の類型別出現頻度数[8]

　「表A」を見ると中世における「連体形+を」の類型別出現頻度数は類型Ⅰの格助詞としての用法が62%で最も高く、類型Ⅱの接続助詞としての用法は22%で低い割合となっている。類型Ⅲの間投助詞としての用法は1%で最も低い。格助詞の過渡的用法は8%、接続助詞の過渡的用法である類型Ⅱ-Ⅰは4%、接続助詞の過渡的用法である類型Ⅱ-Ⅱは3%で低い。これによると中世には格助詞としての用法が最も多く、接続助詞としての用法はあまり使われなくなり、間投助詞としての用法はほぼ現れないことが言える。

4-3 上接語による傾向

　ここでは「連体形+を」の上接語を中心とした各類型別特徴について調査、考察する。上接語は先ず品詞別に分類しその出現頻度数を調べる。次は分類した品詞の中で助動詞の種類を中心とした調査、考察を行うことにする。

---

8) 各資料の詳しい数字は別紙「表5」

4-3-1 「連体形＋を」の上接語

　中世の資料に現れた各類型別「連体形＋を」の上接語について調査、考察することにする。各類型別上接語は次のようである。

① 類型Ⅰ（連体形＋を＋述語）（総676例）

　　・「動詞+を」（219例）

(21) さつあれば、或人かの者の日々に同じ所へ行っては帰り、行っては帰りするを見て、大きに怪しみ、(伊曾保・78・7)
(22) からめとらんとしければ、内へ逃げてまいるを、追ひさはぎて、(増鏡・444・15)
(23) 豆の殻を焚きて豆を煮ける音のつぶつぶと鳴るを聞(き)給(ひ)ければ、(徒然草・69)

　　・「形容詞+を」（50例）

(24) 何となく世の中のはなやかに面白きを見るにつけても、
　　　　　　　　　　　　　　　　　　　　　　（とはず・219・11）
(25) 夕づく夜ほのかにをかしきを、ながめおはします。
　　　　　　　　　　　　　　　　　　　　　　（増鏡・460・17）
(26) かたちよきをえりととのへられたるは、いみじう見どころあるべし。(増鏡・312・1)
(27) 風の音ことにかなしきをながめつつ、ゆくへもなき旅の空、いかなる心ちならむとのみ、(建礼門院・99・9)

　　・「形容動詞+を」（8例）

(28) 百千鳥さへづる春の日影のどかなるを見るにも、(とはず)
(29) あはれなる程の御有様にて、墨をすりたらむやうなる空の気色のうとましげなるを、ながめさせ給ほどに、(増鏡・389・13)

・「助動詞＋を」(399例)[9]

(30) 楽屋の物ども、地下も殿上も、なべてならぬをえりととのへらる。(増鏡・317・2)

(31) その折の嬉しうかたじけなかりしを思ひ出づれば、見奉るごとに涙ぐまるるとぞ、後深草院をば常に申されける。

(増鏡・301・7)

(32) ゆかりある人の、かぜのおこりたるをとぶらひたりし返しに、

(建礼門院・51・6)

(33) 又その奥の石に五つの文字があったをイソポが見て言ふは、

(伊曾保・20・2)

② 類型Ⅰ－Ⅰ(連体形＋を＋従属節＋述語)(総86例)

・「動詞＋を」(27例)

(34) ……といふ人、大内へまいるを、車より降るる程に、いとすくよかなるゐ中侍めく物、太刀を抜きて走り寄るままに、あやなく打ちてけり (増鏡・412・13)

(35) ただしは、所狭き身の程にて候ふとて、里に候ふを、にはかに人もなしとて、参りて候ふ召し出でて候へば、あたりも苦しげに候ふ。(増鏡・181・7)

・「形容詞＋を」(2例)

(36) 大臣殿わ人々海に沈ませられたれども、その気色もないを侍どもあまりの憎さに、海へ突き入れ奉った。(天草版・平家物語)

---

9) 詳しくは次の通りである。
「き」89例、「けり」71例「たり」78例「なり」16例「つ」16例「ぬ」6例
「べし」6例「ず」37例「む」15例「けむ」1例「た」51例「り」11例
「めり」1例「まほし」1例

・「形容動詞＋を」(1例)

(37) とりあへず、小さき唐櫃の金物したるが、いと重らかなるを、
人々かたにかつぎて参らせられたり。(増鏡・260・1)

・「助動詞＋を」(56例)[10]

(38) そのうえ年もまだ若うござるが、たまたま思いたって参ったを
すげなう仰せられて帰させられうことわ、不便な儀ぢや
(天草版平家物語・95・12)

(39) 「命や助かるとて、御渡候しを、内裏より宣旨とてしきなみに
召され候間、十日のくれほどに出しまいらせさせ給ひて候へ」
(平治・208・13)

(40) 清盛の聟なれば、若や助かるとて六波羅へおはしけるを、宣旨
とて内裏よりしきなみに召されければ (平治・196・3)

(41) 女・童部あはて迷出けるを、信西が姿を替てや出らんとて打殺
切ころし散々に責ければ、(平治・195・10)

③ 類型Ⅱ(連体形＋を＋述語なし・「を」文中に位置)(総242例)

・「動詞＋を」(48例)

(42) ……とつぶやくを、大納言の君と申ししは、三条内大臣の御女
とぞ聞えし、その人、「かく申す」と申させ給へば、笑はせお
はしまして (建礼門院・17・2)

(43) 「あまりにつれなくて年も隔て行くを、かかる便りにてだにな
ど思ひ立ちて。 今は、人もさとそ知りぬらめに、かくつれな
くてはいかがやむべき」(とはず・16・6)

---

10) 詳しくは次の通りである。
「き」20例「けり」9例「たり」5例「つ」3例「ぬ」1例「ず」2例
「た」13例「り」2例「る」1例

(44) 只今までさまざま承りつる御言の葉耳の底にとどまり、うち交し給ひつる御匂ひも袂に余る心地する<u>を</u>、飽かず重ぬる袖の涙は、誰にかこつべしともおぼえぬに、（とはず・163・13）

(45) 「かやうの住まひには、都の方も言伝なければ、風の便りにも見ず侍る<u>を</u>、今宵なん昔の友に会ひたる」（とはず・233・7）

・「形容詞+を」（8例）

(46) 亡き人の来る夜とて玉まつるわざは、この比都にはなき<u>を</u>、東の方には、なほする事にてありしこそ、あはれなりしか。

（徒然草・十九段）

(47) 大空は晴れも曇りもさだめなき<u>を</u>身の憂きことはいつもかはらじ。（建礼門院・129・5）

(48) 「さぞおぼすらん。此程は、たつ名のよそにやもるると、粗略はなき<u>を</u>、何となくうらまぼられける、本意なさよ」

（曾我物語・195・16）

・「形容動詞+を」（1例）

(49) 花といへばうつろふ色もあだなる<u>を</u>君がにほひはひとしかるべし（建礼門院・88・2）

・「助動詞+を」（185例）[11]

(50) わづかに一月二月の中に、かかるべきにあらぬ<u>を</u>、これかれいと怪しきわざなるべし。（増鏡・454・14）

(51) 「うしろめたくも思ひ侍らぬ<u>を</u>、ひとつの憂へ心の底になん侍」（増鏡・327・4）

(52) 東山禅林寺、綾戸といふわたりに家居して、年頃になりぬる

---

11) 詳しくは次の通りである。
「き」93例「けり」27例「たり」9例「なり」3例「つ」14例「ぬ」5例
「べし」14例「じ」2例「ず」6例「まじ」2例「た」9例「る」1例

　　　　を、今日なん今はと聞き果てぬるも、夢のゆかりの離れ果てぬ
　　　　るさまの心細き、うち続きぬるなどおぼえて......

　　　　　　　　　　　　　　　　　　　　　　　　　（とはず・56・6）

(53)　三日は、ことさら例の隠れゐられたりしかば、十日には参り侍
　　　るべきにてありしを、その夜より俄かにわづらふ事ありしほど
　　　に、参る事も叶はざりしかば......　（とはず・68・2）

(54)　関ひとつこそ越えぬるは、いくほどならじを、梢にひびく嵐の
　　　音も、都よりはことのほかに激しきに　（建礼門院・124・4）

④　類型Ⅱ－Ⅰ（連体形＋を＋述語省略）（総45例）

　・「動詞＋を」（5例）

(55)　......鎌田をうたせじと思ひ、......くびをかひて、鎌田を助給を、
　　　重盛宣けるは、（平治・228・10）

(56)　人の田を論ずるもの、訴へにまけて、ねたさに、「その田を刈
　　　りてとれ」とて、人をつかはしけるに、先、道すがらの田をさ
　　　へ刈りもてゆくを、「これは論じ給ふ所にあらず。いかに かく
　　　は」といひければ、刈る者ども、「......」とぞいひける。

　　　　　　　　　　　　　　　　　　　　　　（徒然草・下・209段）

(57)　「皇子誕生ぞや」と、いと高らかにのたまふを、あまりの事に
　　　みなあきれて、「まことかまことか」と大臣の給ままに、悦の
　　　御涙ぞ落ちぬる。（増鏡・301・1）

(58)　少々切りて、「顔をばえ割り侍らじ」と申されしを「さるやう
　　　いかが」とて、なほ仰せられしかば、いとさはやかに割りて、
　　　急ぎ御前を立つを、いたく御感ありて、今の瑠璃の盃を柳筥に
　　　据ゑながら、門前へ贈らる。（とはず・99・6）

　・「形容動詞＋を」（1例）

(59)　裏は塵つもり、虫の巣にていぶせげなるを、よくはきのごひ

て、おのおの見侍りしに、名字、年号、さだかににえ侍りしか
ば、人皆興に入(る)（徒然草・下・238段）

・「助動詞＋を」（39例)12)

(60)「三ばかりの子のものゆゆしきをいだき、前栽にてあそびつる
を、「誰そ」ととへば、かへり事もせでにげつるは、誰にや」
ととふ。（曾我・105・1）
(61)「是に候」ととうし二人弓と矢をもちて参りて候つるを「ふか
くおさめをく期があらんずるぞ。……」とおほせられ候つれ
ば、御殿にふかくおさめをかれ候き。（平治・292・13）
(62) 又、そのそばに三つばかりになる幼い人があったを少将あれわ
たれぞと、問われたれば、（天草版平家・82・14）
(63) ……軒長ばかりに成(り)て、「あやまちすな。 心して降りよ」と
言葉をかけ侍(り)しを、「かばかりになりては、飛(び)降るとも
降りなん。 如何にかく言ふぞ」と申(し)侍(り)しかば、「……
と」いふ。（徒然草・下・89段）
(64)「……」と言ひて、太刀を引き抜きければ、人も皆太刀抜き、矢
はげなどしけるを、具覚房、手を握りて、「現し心なく酔(ひ)
たる者に候。 まげて許し給はらん」と言ひければ、おのおの嘲
(り)て過(ぎ)ぬ。（徒然草・下・87段）

⑤ 類型Ⅱ－Ⅱ(連体形＋を＋指示代名詞＋を＋述語なし)（総27例）

・「動詞＋を」（2例）

(65) 舎人の武里もこれを見て、あまりの悲しさにこらえかねて、続
いて海に入らうとするを滝口これを見て、いかに汝わされば御
遺言をば違え奉るぞ。（天草版平家・319・3）

───────────
12) 詳しくは次の通りである。
「き」8例「けり」17例「つ」3例「たり」2例「た」9例

・「助動詞+を」（25例）（注14）

(66) その中に雁ひとつ飛び上って、をのれが翼に結つけた王章をく
い切って落いた<u>を</u>、官人<u>これを</u>取って、帝え奉ったれば、開い
て御覧なさるるに、（天草版平家・69・11）

(67) 法皇やがて院宣をくだされた<u>を</u>文覚わ<u>これを</u>首にかけて、又三
日とゆうに伊豆の国え下りつかれた。（天草版平家・146・21）

(68) 宮わ五月十五夜の雲間の目を眺させらるるところに、三位入道
の使と言うて、急ぎふためいて文を持って参った<u>を</u>、宮のを乳
母の宗信<u>これを</u>とって、を前え参って、ふるいふるい読うだ
わ、（天草版平家・108・15）

(69) 或る家の主二人の下女を使はれたが、暁にそれらを起いて働か
する為に、鶏を飼うて、時を計られた<u>を</u>下女<u>これを</u>大きに嫌う
てかの鶏さへ無いならば、これほど暁には起されまじいものを
と思うて、二人言ひ合せて、密かに鶏を殺いた。

（天草版伊曾保・70・2）

⑥ 類型Ⅲ（連体形+を+述語なし・「を」文末に位置）（総10例）

・「動詞+を」（2例）

(70) かへしに、「われしも思ひ出づる<u>を</u>」など、さしもあらじとお
ぼゆることどもをいひて、（建礼門院・72・6）

・「形容詞+を」（1例）

(71) 「あいなのさかしらや。さるは、かやうのこともつきなき身に
は、言葉もなき<u>を</u>」（建礼門院・89・7）

・「助動詞+を」13) (7例)

(72) 御涙もせきあへず、「さめざらまし<u>を</u>」と思すもかひなし。

(増鏡・478・9)

(73) さきの承久の廃帝の、生させ給とひとしく坊にゐ給へりしは、いと不用なりし<u>を</u>」などいへり。(増鏡・286・15)

(74) 「御陳法をもちいず、とをる者ならば、何程の事すべき。しや細首ねぢきりて、すて候べき<u>を</u>」(曾我・335・15)

以上の内容をまとめると次のようである。

・類型Ⅰ(格助詞としての用法)の上接語 :「動詞+を」33%、「形容詞+を」7%、「形容動詞+を」1%、「助動詞」59%
・類型Ⅰ-Ⅰ(格助詞の過渡的用法)の上接語 :動詞+を」32%、「形容詞+を」2%、「形容動詞+を」1%、「助動詞」65%
・類型Ⅱ(接続助詞としての用法)の上接語 :動詞+を」21%、「形容詞+を」3%、「形容動詞+を」0%、「助動詞」76%
・類型Ⅱ-Ⅰ(接続助詞の過渡的用法)の上接語 :「動詞+を」11%、「形容詞+を」0%、「形容動詞+を」2%、「助動詞」87%
・類型Ⅱ-Ⅱ(接続助詞の過渡的用法)の上接語 :「動詞+を」7%、「形容詞+を」0%、「形容動詞+を」0%、「助動詞」93%
・類型Ⅲ(間投助詞としての用法)の上接語 :「動詞+を」20%、「形容詞+を」10%、「形容動詞+を」0%、「助動詞」70%

これを「表」にまとめるとつぎのようである。(「表B」)

---

13) 詳しくは次の通りである。
「き」3例「つ」1例「じ」2例「まし」1例

類型 上接語	Ⅰ (格)	Ⅰ-Ⅰ (格・過)	Ⅱ (接続)	Ⅱ-Ⅰ (接続・過)	Ⅱ-Ⅱ (接続・過)	Ⅲ (間投)	計
動詞	219(33)	27(32)	48(21)	5(11)	2(7)	2(20)	303
形容詞	50(7)	2(2)	8(3)	0	0	1(10)	61
形容動詞	8(1)	1(1)	1(0)	1(2)	0	0	11
助動詞	399(59)	56(65)	185(76)	399(87)	25(93)	7(70)	711
計	676	86	242	45	27	10	1086

「表B」中世における「連体形+を」の類型別上接語

「表B」によると次のような傾向のあることが分かる。

- 類型Ⅰ(格助詞としての用法) の上接語
  :「助動詞」と「動詞」が多い。
- 類型Ⅰ-Ⅰ(格助詞の過渡的用法) の上接語
  :「助動詞」と「動詞」が多い。
- 類型Ⅱ(接続助詞としての用法)の上接語 :「助動詞」が多い。
- 類型Ⅱ-Ⅰ(接続助詞の過渡的用法()の上接語 :「助動詞」が多い。
- 類型Ⅱ-Ⅱ(接続助詞の過渡的用法)の上接語 : ほぼ「助動詞」
- 類型Ⅲ (間投助詞としての用法)の上接語 :「助動詞」が多い。

　各類型に共通して多いのは「助動詞+を」で、格助詞としての用法である類型Ⅰと格助詞の過渡的用法である類型Ⅰ-Ⅰは上接語に「助動詞」と「動詞」が多い点で同じ傾向を示す。また、接続助詞の用法である類型Ⅱと接続助詞の過渡的用法の類型Ⅱ-Ⅰ・間投助詞としての用法である類型Ⅲは「助動詞」が多い点で同じ傾向を示す。特に注目すべきは接続助詞の過渡的用法の類型Ⅱ-Ⅱはほぼ「助動詞+を」であることである。

4-3-2 「助動詞+を」の上接語

　では、「助動詞+を」にはどんな種類があるかを調査、考察すること
にする。代表的な種類だけを整理し「表」にまとめると次のようであ
る。14)（「表C」）

助動詞＼類型	I （格）	I-I （格・過）	II （接続）	II-I （接続・過）	II-II （接続・過）	III （間投）
き	89(22)	20(36)	93(50)	8(20)	0	3(43)
けり	71(18)	9(16)	27(15)	17(44)	0	0
た	51(13)	13(23)	9(5)	9(23)	25(100)	0

「表C」中世における「助動詞+を」の類型別主な上接語

　「表C」の主な上接語「き」「けり」「た」の出現頻度数によると次の
ような傾向が見られる。

・類型 I (格助詞としての用法) の上接語
　　：「き」「けり」「た」の順に多い。
・類型 I-I (格助詞の過渡的用法)の上接語
　　：「き」「た」「けり」の順に多い。
・類型 II (接続助詞としての用法)の上接語
　　：「き」「けり」「た」の順に多い。
・類型 II-I (接続助詞の過渡的用法)の上接語
　　：「けり」「た」「き」の順に多い。
・類型 II-II (接続助詞の過渡的用法)の上接語 ： すべて「た」
・類型 III (間投助詞としての用法)の上接語
　　：「き」が多く、「けり」と「た」は現れない。

---

14)「助動詞+を」の詳しい数字は別紙の「表6」

　類型Ⅱ-Ⅰの接続助詞の過渡的用法を除き、すべて「き+を」の方が「けり+を」より多く現れていることが分かる。ただし、類型Ⅱ-Ⅱの接続助詞の過渡的用法はすべて「た+を」である。

4-4 中古との比較

　ここでは中古の「連体形+を」と比較を通じその変化を考察したい。先ず「連体形+を」の類型別出現頻度数を比較するが、それを「表」にまとめると次のようである。(「表D」)

類型 時代	Ⅰ (格)	Ⅰ-Ⅰ (格・過)	Ⅱ (接続)	Ⅱ-Ⅰ (接続・過)	Ⅱ-Ⅱ (接続・過)	Ⅲ (間投)	計
中古	124(38)	51(16)	102(32)	19(6)	0	28(9)	324
中世	676(62)	86(8)	242(22)	45(4)	27(3)	10(1)	1086

「表D」中古・中世における「連体形+を」の類型別出現頻度数15)

　「表D」によると中古から中世にかけて次のような変化の起ったことがわかる。

　　・増加：類型Ⅰ(格助詞としての用法)：38%→62%
　　・減少：類類型Ⅱ(接続助詞としての用法)：32%→22%
　　　　　　類型Ⅱ-Ⅰ(接続助詞の過渡的用法)：6%→4%
　　　　　　類型Ⅲ(間投助詞としての用法)：9%→1%
　　・新出：類型Ⅱ-Ⅱ(接続助詞の過渡的用法)：3%

　格助詞としての用法だけ大幅増加し、接続助詞としての用法・間投

---

15) 数字は%を表す

助詞としての用法・過渡的用法すべて減少していることが分かる。では「連体形+を」の上接語の変化について調査し考察するが、調査の内容を「表」にまとめると次のようである。（「表E」）

類型	I (格)		I－I (格・過)		II (接続)		II－I (接続・過)		II－II (接続・過)		III (間投)	
時代 上接語	中古	中世	中古	中世	中古	中世	中古	中世	中古	中世	中古	中世
動詞	38	33	20	32	17	21	37	11	0	7	4	20
形容詞	8	7	6	2	6	3	0	0	0	0	0	10
形容動詞	1	1	2	1	1	0	0	2	0	0	0	0
助動詞	53	59	72	65	76	76	63	87	0	93	96	70

「表E」中古・中世における「連体形+を」の上接語(数字は%を表す)

「表E」の上接語の中で主に「動詞」と「助動詞」の変化を中心にまとめると次のようである。

- ・「動詞+を」の増加：類型I－I(格助詞の過渡的用法)・類型II(接続助詞としての用法)・類型III(間投助詞としての用法)
- ・「動詞+を」の減少：類型I(格助詞としての用法)・類型II－I(接続助詞の過渡的用法)
- ・「助動詞+を」の増加：類型I(格助詞としての用法)・類型II－I(接続助詞の過渡的用法)
- ・「助動詞+を」の減少：類型I－I(格助詞の過渡的用法)・類型III(間投助詞としての用法)
- ・ほぼ「助動詞+を」：類型II－II(新出の接続助詞の過渡的用法)

また、「助動詞+を」の様相を調査、考察する。詳しい内容は前に触

れた通りであり、ここでは上代との比較のため代表的な助動詞として
「き」「けり」「た」だけを取り上げ、「表」にまとめる。(「表F」)

類型	I (格)		I-I (格・過)		II (接続)		II-I (接続・過)		II-II (接続・過)		III (間投)	
時代 助動詞	中古	中世	中古	中世	中古	中世	中古	中世	中古	中世	中古	中世
き	8	22	3	36	19	50	0	20	0	0	21	43
けり	48	18	59	16	46	15	84	44	0	0	7	0
た	0	13	0	23	0	5	0	23	0	100	0	0

「表F」中古・中世における「助動詞+を」の上接語(数字は%を表す)

「表F」によると次のような変化のあることが分かる。

　　・「き」の増加 : 全類型
　　・「けり」の増加 : なし
　　・「た」の増加 : 全類型(間投助詞としての用法は除く)
　　・新出の接続助詞の過渡的用法(類型II-II)はすべて「た+を」

　中世に入り、上接語として「き」は増加し、「けり」は減少を見せて
いるが、「た」が現れ始めていることも注目すべきである。また、新出
した接続助詞の過渡的用法(類型II-II)はす「た」である。

4-5 まとめ

　以上述べた内容をまとめると次のようである。

　① 中世における「連体形+を」は類型I・類型I-I・類型II・類

型Ⅱ－Ⅰ・類型Ⅱ－Ⅱ・類型Ⅲの6種類に分けられ、それぞれ格助詞・格
助詞の過渡的用法・接続助詞・接続助詞の過渡的用法(類型Ⅱ－Ⅰ)・接
続助詞の過渡的用法(類型Ⅱ－Ⅱ)・間投助詞に分類されるが、接続助詞
の過渡的用法の類型Ⅱ－Ⅱは中世に入り新出する。

　② 各類の出現頻度数は格助詞としての用法 62%・格助詞の過渡的
用法 8%・接続助詞としての用法22%・接続助詞の過渡的用法(類型Ⅱ
－Ⅰ)4%・接続助詞の過渡的用(類型Ⅱ－Ⅱ)3%・間投助詞としての用法
1%であり、格助詞としての用法が最も多く、接続助詞としての用法は
あまり現れない。間投助詞としての用法はまれにしか現れない。これ
を中古と比べると次のような変化のあることが分かる。

　　　・類型Ⅰ(格助詞としての用法)：24%増加

　　　・類型Ⅰ－Ⅰ(格助詞の過渡的用法)：8%減少

　　　・類型Ⅱ(接続助詞としての用法)：10%減少

　　　・類型Ⅱ－Ⅰ(接続助詞の過渡的用法)：2%減少

　　　・類型Ⅱ－Ⅱ(接続助詞の過渡的用法)：3%(新出)

　　　・類型Ⅲ(間投助詞としての用法)：8%減少

　③「連体形＋を」の各類型別主な上接語は次のようである。

　　　・類型Ⅰ(格助詞としての用法)：「動詞」「助動詞」

　　　・類型Ⅰ－Ⅰ(格助詞の過渡的用法)：「動詞」「助動詞」

　　　・類型Ⅱ(接続助詞としての用法)：「動詞」「助動詞」

　　　・類型Ⅱ－Ⅰ(接続助詞の過渡的用法)：「助動詞」

　　　・類型Ⅱ－Ⅱ(接続助詞の過渡的用法)：「助動詞」

　　　・類型Ⅲ(間投助詞としての用法)：「動詞」「助動詞」

　　この傾向は中古と比較すると次のような変化が見られる。

　　　・類型Ⅰ(格助詞としての用法)：「動詞」5%減少「助動詞」6%増加

　　　・類型Ⅰ－Ⅰ(格助詞の過渡的用法)：「動詞」12%増加「助動詞」

　　　7%減少

　・類型Ⅱ(接続助詞としての用法)：「動詞」4%増加「助動詞」変化
　　　なし

　・類型Ⅱ-Ⅰ(接続助詞の過渡的用法)：「動詞」26%減少「助動
　　　詞」24%増加

　・類型Ⅲ(間投助詞としての用法)：「動詞」3%増加「助動詞」
　　　26%減少

　④「助動詞+を」の主な「助動詞」として「き」「けり」「た」を挙
げられるが、各類型の特徴は次のようである。

　・類型Ⅰ(格助詞としての用法)：「き」が多い

　・類型Ⅰ-Ⅰ(格助詞の過渡的用法)：「き」が多い

　・類型Ⅱ(接続助詞としての用法)：「き」が多い

　・類型Ⅱ-Ⅰ(接続助詞の過渡的用法：「けり」が多い

　・類型Ⅱ-Ⅱ(接続助詞の過渡的用法)：すべて「た」

　・類型Ⅲ(間投助詞としての用法)：「き」が多い

　これを中古と比較すると次のような変化がある。

　・類型Ⅰ(格助詞としての用法)：「き」14%増加「けり」30%減少
　　　「た」13%

　・類型Ⅰ-Ⅰ(格助詞の過渡的用法)：「き」33%増加「けり」43%
　　　減少「た」23%

　・類型Ⅱ(接続助詞としての用法)：「き」31%増加「けり」31%減
　　　少「た」5%

　・類型Ⅱ-Ⅰ(接続助詞の過渡的用法)：「き」20%増加「けり」
　　　40%減少「た」23%

　・類型Ⅱ-Ⅱ(接続助詞の過渡的用法)：「た」100%

　・類型Ⅲ(間投助詞としての用法)：「き」23%増加「けり」7%減

少「た」0

中古と比べると中世に入り、「き」は大幅に増加し「けり」は逆に大幅に減少している。「た」は 中世に新出する。

第5章 近世における「連体形+を」

第5章 近世における「連体形+を」

　近世は封建制度が発展し、階層的身分制度が社会に行きわたり、その影響は言葉の上にも現れるようになる。つまり、身分制度が厳しかったため身分・階級に応じた言葉づかいが要求され武士の言葉と町人の言葉は大きく相違していた。また、庶民階級が経済的・社会的勢力を獲得するようになり、文学作品にも庶民の言葉が反映されることになる。

　このような背景のもとで第5章では近世における助詞「を」にどのような特徴・変化が現れているかを調査、考察する。前節と同様、近世の資料に現れた助詞「連体形+を」を類型別に分類し、その様子を考察する。また、分類された各類型は格助詞・接続助詞・間投助詞としての用法との関連を考察し、近世における「連体形+を」の特徴を明らかにする。さらに「連体形+を」の上接語を調査し各類型の特徴を考察する。これらを中世との比較を通じ助詞「を」の用法の変化について探って見たい。

5-1 類型別分類と特徴

　近世における「連体形+を」を類型別に分類すると類型Ⅰ・類型Ⅰ-Ⅰ・類型Ⅱ・類型Ⅱ-Ⅰ・類型Ⅱ-Ⅱ・類型Ⅲの6種類に分類する。類型別用例をみると次によってうである。

5-1-1 類型Ⅰ（連体形＋を＋述語）

　文脈から考えて、対応する述語用言があり、目的語となっている連体形を承けていると考えられる。構文的特徴は「連体形＋を」とそれを承ける述語が近くに位置することであり、本研究では類型Ⅰと命名する。その用例を挙げると次のようである。

(1) 前町の子供、そのおやどもが大勢あつまりて、おれがとをる<u>を</u>待つておる。(夢酔・18・2)

(2) 清水の西門にて三味線ひきてうたひける<u>を</u>聞けば

(一代女・446・8)

(3) かの八雲たつ国は山陰の果にありてここには百里を隔つると聞はけふとも定かたきに其来し<u>を</u>見ても物すとも遅からじ。

(雨月・23・3)

(4) また、さる寺へまいりければ，ちやうらうふめいていつるとて衣のすそにからさけの大なる<u>を</u>ひつ かけていてて、かくす事はならす (きのふ・上・22)

(5) ふるき<u>を</u>もちゐて趣向は新しき<u>を</u>述べたり。(浮世風呂・177・12)

　用例(1)の目的語「とをるを」を承ける述語は「待つ」であり、用例(2)の目的語「うたひけるを」を承ける述語は「聞く」である。用例(3)から(5)までも同様で「連体形＋を」を承ける述語「見る」「ひつかく」「もちゐる」「述ぶ」がヲ格のすぐ後に存在することから格助詞としての用法と考えられる。出現頻度数は近世における資料に現れた「連体形＋を」の総計319例中213例(67%)である。[1]

---

1) 各資料での類型Ⅰの出現頻度数は次の通りである。
　「きのふ」13例「雑兵物語」7例「一代女」54例「油地獄」6例「曾根崎」4例「西鶴」29例「雨月」30例「浮世床」12例「遊子方言」3例「春色」29例「浮世風呂」13例「夢酔」13例

5-1-2 類型 I - I（連体形+を+従属節+述語）

「連体形+を」と述語との間に従属節等が入り、「連体形+を」が表す内容は目的語の行為・状態等であるが、従属節を取り除けば格助詞としての分類も可能である。しかし、長い従属節が挿入された場合は「……だが、」のように接続助詞の用法としての解釈も可能となる。この類型は「連体形+を」と述語との間に挿入された従属節は時代が下がるにつれて長文から短い文へと変化し、結局、類型 I の格助詞としての用法に吸収されていったことが推定できる。本研究では類型 I - I と命名する。 その用例を挙げると次のようである。

(6) ききわけなきを藤べゑはきのどくにおもひ（春色・158・16）

(7) 畳には血を流してありしを、祇園に安部の左近といふ、うらなひめして、見せ給ふに、（西鶴・73・6）

(8) 二貫目の銀を握つて帰られしを、このうつそりが夢にも知らず、（曾根崎・64・12）

(9) 生みの母の追出すを、継父の我ら、軽薄らしう止められず、
（油地獄・548・12）

(10) かの岸に願ひ、これなる池に入水せんと一筋にかけ出るを、むかしのよしみある人引き留めて、（一代女・582・10）

用例(6)目的語「ききわけなを」と述語「おもひ」の間に「藤べゑはきのどくに」が介入し、目的語と述語が離れている。用例(7)から用例(10)まで同じことが言える。

このように類型 I - I は「連体形+を」と述語の間に従属節が介入し目的語と述語が離れているが、介入した従属節は比較的に短くなっている。中古の場合は介入した従属節が非常に長かったため格助詞の用法とも接続助詞の用法とも解釈できる用例が多かったが、中世に入りそのような用例は少なくなり、近世に至っては介入した従属節が短く

なり中古のように格助詞または接続助詞の用法のどちらとも解釈でき
る用例は少なくなっている。この現象から近世における「連体形+を」
の類型Ⅰ-Ⅰは格助詞の用法に近づいてきているのではないかと思われ
る。前で触れたように本論文では格助詞の過渡的用法と分類する。出
現頻度数は近世における資料に現れた「連体形+を」の総319例中56例
(17%)である。2)

5-1-3 類型Ⅱ(連体形+を+述語なし・「を」文中に位置)

　文脈から考えて「連体形+を」を承ける述語がなく、「連体形+を」
は文中に位置し、前句と後句を接続する働きをする。本研究では類型
Ⅱと命名する。その用例を挙げると次のようである。

(11) 五倫五体は天地より預物なれば、大切の品を御持参物なる<u>を</u>、
　　　色と酒とに魂の失物不存。(浮世風呂・49・6)

(12) これを聞給ひて御ふくりうなされ、すてに御かんきをかうふら
　　　んとせし<u>を</u>、一けい道三、おりふし御せんにありて、……と申
　　　されけれは、のふなか御きけんあをり、右の御小性御しやめん
　　　なさる。(きのふは・上・2)

(13) 眼をひらきてすかし見れば其形異なる人の背高く痩おとろへた
　　　るが顔のかたち着たる衣の色紋も見えでこなたにむかひて立る
　　　<u>を</u>西行もとより道心の法師なれば恐ろしともなくてここに来た
　　　るは誰と荅ふ。(雨月・4・2)

(14) おれも袋に二つ入た<u>を</u>、一つは竿につつはめて、一つは背中に
　　　引付けた。(雑兵物語・上・17・オ)

---

2) 各資料での類型Ⅰ-Ⅰの出現頻度数は次の通りである。
　「きのふ」5例「雑兵物語」1例「一代女」16例「油地獄」2例「曾根崎」1例
　「西鶴」9例「雨月」10例「浮世床」3例「遊子方言」0「春色」2例
　「浮世風呂」2例「夢酔」5例

文の中で「連体形+を」を承ける述語は見当たらず、接続助詞として
の用法と思われる例である。例えば用例(14)は「袋に二つ入っていた
が、一つは竿につつはめて、一つは背中に引付けた」のような解釈と
なる。前句と後句の間に強い因果関係もなければ対立関係も認められ
ない単純な接続となっている。出現頻度数は近世における資料に現れ
た「連体形+を」の総319例の中26例(8%)である。[3]

5-1-4 類型Ⅱ-Ⅰ (連体形+を+述語省略)

構文上「連体形+を」を承ける述語は見当たらないが、述語が省略さ
れているものとも考えられる。この類型は「連体形+を」を承ける述語
がないという点では接続助詞と分類できるが、意味的観点から「連体
形+を」の後に「見て」「聞きて」等の述語を補うことにより格助詞と
しての分類も可能となる。本研究ではこの類型を類型Ⅱ-Ⅰと命名す
る。その用例を挙げると次のようである。

> (15) いつとなく見し夢に、この文自らが、面影となり、夜すがら物
> 　　語せし<u>を</u>、そばちかく寝たる人ども耳おどろかしぬ。
> 　　　　　　　　　　　　　　　　　　　　　　　　　　(一代女・480・7)
> (16) 有もの、よき女はうをまうけて、しまんする<u>を</u>、さるいたつら
> 　　ものの云、き殿のお内儀、方のことくすれたるか玉にきすち
> 　　や。(きのふ・下・62)
> (17) 脇の下に手をさしこめば、親仁むくむくと起きあがる<u>を</u>、「首
> 　　尾か」と待ちかねしに、(一代女・526)

---

3) 各資料での類型Ⅱの出現頻度数は次の通りである。
　「きのふ」2例「雑兵物語」2例「一代女」3例「油地獄」0「曾根崎」1例
　「西鶴」3例「雨月」12例「浮世床」0「遊子方言」0「春色」1例
　「浮世風呂」2例「夢酔」0

　用例(15)は「物語せしを」の後に「聞き」、用例(16)は「しまんする
を」の後に「聞き」、用例(17)は「起きあがるを」の後に「見て」等の
述語が省略されているとも考えられ、それらの述語を補うことによ
り、格助詞としての用法とも考えられる例である。しかし、構文では
述語が存在しないので接続助詞としての用法とも考えられるが、本論
文では接続助詞の過渡的用法とする。出現頻度数は近世における資料
に現れた「連体形+を」の総319例中18例(6%)である。4)

5-1-5　類型Ⅱ-Ⅱ（連体形+を+指示代名詞+を+述語なし）

　「連体形+を」と述語との間に従属節等が入り、「連体形+を」が表す
内容を再び「指示代名詞+を」で明示する。文中の述語は「指示代名詞
+を」を承けるもので「連体形+を」を承けるものではない。しかし、
「連体形+を」の表す内容と「指示代名詞+を」の表す内容は同一なも
のであるため、述語は「連体形+を」と「指示代名詞+を」の、両方の
目的格を承けるものとも考えられるので類型Ⅱ-Ⅱと命名する。その用
例を挙げると次のようである。

> (18) 八寸五文の袖口をひけらかして腹立つるを、とやかくこれをな
> 　　　だめるうちに、(一代女・540・1)
> (19) 太鼓女郎に加賀節望みて、うたうて引くを、それをも心をとめ
> 　　　て聞かず、(一代女・453・3)

　用例(18)は「連体形+を」の表す内容「腹立つる」を再び「これを」
で明示し述語「なだむ」で承けている。用例(19)は「連体形+を」の表

---

4) 各資料での類型Ⅱ-Ⅰの出現頻度数は次の通りである。
　「きのふ」1例「雑兵物語」1例「一代女」8例「油地獄」0「曾根崎」1例
　「西鶴」3例「雨月」1例「浮世床」0「遊子方言」0「春色」1例
　「浮世風呂」2例「夢酔」0

す内容「うたうて引く」を「それを」で明示し述語「聞かず」で承け
ている。出現頻度数は近世における資料に現れた「連体形+を」の総
319例中2例(1%)であり、5) 減少の傾向が著しい。

5-1-6 類型Ⅲ(連体形+を+述語なし・「を」文末に位置)

「連体形+を」を承ける述語がなく、助詞「を」は文末に位置する。
この類型は強い詠嘆の気持を表すところに特徴があり、本研究では類
型Ⅲと命名する。その用例を挙げると次のようである。

> (20) 天下は神器なり。人の私をもて奪ふとも得べからぬことわりな
> るを。(雨月・9・3)
> (21) 現にまのあたりに見奉りしは紫宸清涼の御座に朝政きこしめさ
> せ玉ふを。百の官人はかく賢き君ぞとて認恐みてつかへまつり
> し。(雨月・2・10)

類型Ⅲは文末に位置し、詠嘆・強意等の意味を添えるので間投助詞
としての用法と思われる。出現頻度数は近世における資料に現れた
「連体形+を」の総319例中4例(0.1%)である。6) 4例はすべて『雨月物
語』で現れ、出現頻度数も非常に低くなり間投助詞としての用法は稀
にしか使われなくなっていることが分かる。

5-2 類型別出現頻度数による傾向

以上で述べた内容をまとめると次のようである。近世における資料
に現れた「連体形+を」の総用例数319例中、

---

5)「一代女」2例
6)「雨月」4例

　　　・類型Ⅰ(格助詞としての用法)：213例(67%)
　　　・類型Ⅰ-Ⅰ(格助詞の過渡的用法)：56例(17%)
　　　・類型Ⅱ(接続助詞としての用法)：26例(8%)
　　　・類型Ⅱ-Ⅰ(接続助詞の過渡用法)：18例(6%)
　　　・類型Ⅱ-Ⅱ(接続助詞の過渡用法)：2例(1%)
　　　・類型Ⅲ(間投助詞としての用法)：4例(1%)である。

　　これを「表」にまとめると次のようである。(「表A」)

類型	Ⅰ (格)	Ⅰ-Ⅰ (格・過)	Ⅱ (接続)	Ⅱ-Ⅰ (接続・過)	Ⅱ-Ⅱ (接続・過)	Ⅲ (間投)	計
頻度数	213(67)	56(17)	26(8)	18(6)	2(1)	4(1)	319

「表A」近世における「連体形+を」の類型別出現頻度数7)

　　「表A」を見ると中世における「連体形+を」は類型Ⅰの格助詞とし
ての用法が67%で最も高く、類型Ⅱの接続助詞としての用法は8%で非
常に低い割合となっている。類型Ⅲの間投助詞としての用法は1%で最
も低い。類型Ⅰ-Ⅰの格助詞の過渡的用法は17%、類型Ⅱ-Ⅰの接続助
詞の過渡的用法は6%、類型Ⅱ-Ⅱの接続助詞の過渡的用法は1%であ
り、類型Ⅰ-Ⅰを除いてはあまり使われない。従って近世には格助詞と
しての用法が最も多く使われるが、接続助詞としての用法はあまり使
われなくなり、間投助詞としての用法はほぼ使われなくなっているこ
とが言える。

---

7) 各資料の詳しい数字は別紙の「表7」

5-3 上接語による傾向

ここでは「連体形+を」の上接語を中心とした各類型別特徴について調査、考察する。上接語は先ず品詞別に分類しその出現頻度数を調べる。次は分類した品詞の中で助動詞の種類を中心とした調査、考察を行うことにする。

5-3-1 「連体形+を」の上接語

近世の資料に現れた各類型別「連体形+を」の上接語について調査、考察することにする。各類型別上接語は次のようである。

① 類型Ⅰ（連体形＋を＋述語）（総213例）

　・「動詞+を」（135例）

(22) 兎角おらをしつた顔したがる人のあがるを見るにつけてもはやく行きたい。（遊子方言・58・7）

(23) 前町の子供、そのおやどもが大勢あつまりて、おれがとをるを待つておる。（夢酔・18・2）

(24) その外、馬の上て刀をぬくをみれば、皆乗た馬に切先を切付て、手負馬かおほかつた。（雑兵物語・上24才）

(25) 前へあてごしやうにだいじにむかふをにらみつめて、はいがらくりのあしどりであゆむ。（浮世風呂・59・9）

(26) これぎりに女郎すて行くを取留むる仕掛けあり。

　　　　　　　　　　　　　　　　　　　　　　（一代女・451・8）

　・「形容詞+を」（22例）

(27) 東の山里より、紅茸のうるはしきをおくりける折から、あたりの男きたりて（西鶴・179・10）

(28) かげ八はびやうにんながらもわらひだし、そのあどけなき<u>を</u>か
　　んしんして（春色・229・5）

(29) 左門大に驚きて兄長何ゆゑにこのあやしき<u>を</u>かたり出玉ふや。
　　　　　　　　　　　　　　　　　　　　　　　　　（雨月・26・4）

(30) 兄弟真義の篤き<u>を</u>あはれみ左門が跡をも強て遂せざるなり。
　　　　　　　　　　　　　　　　　　　　　　　　　（雨月・32・1）

(31) 我が髪のわざとならず長く、うるはしき<u>を</u>そねみ給ひ、
　　　　　　　　　　　　　　　　　　　　　　　（一代女・506・9）

・「形容動詞＋を」（7例）

(32) おもはずわらひしがまたかなしくもなりてふじゆうなる<u>を</u>さつ
　　してふさき（春色・53・4）

(33) 又、さる寺へまいりけれは、ちやうらうめいていつるとて衣
　　のすそにからさけの大なる<u>を</u>ひつかけていてて、かくす事はな
　　らす、（きのふ・上22）

(34) さしうつふき、しはし見るに、ことことなる<u>を</u>ききて、いやい
　　や、また子山ふしか出るやら、（きのふ・上51）

(35) 世間寺の有徳なる<u>を</u>聞き出し、庭桜見る気色に、
　　　　　　　　　　　　　　　　　　　　　　　（一代女・473・10）

・「助動詞＋を」（49例）[8]

(36) いたうねびたれど正しく妻の声なる<u>を</u>聞て夢かと胸のみさわが
　　れて（雨月・40・6）

(37) あさぎの手のごいを出し、ゆでぬれたる<u>を</u>取り、しぼりて顔を
　　ふく。（遊子方言・62・6）

(38) かの八雲たつ国は山陰の果にありてここには百里を隔つると聞

---

8) 詳しくは次の通りである。
　「き」14例「けり」3例「たり」8例「なり」5例「り」1例「た」10例
　「る」2例「べし」1例「ず」5例

　　はけふとも定かたきに其来し<u>を</u>見ても物すとも遅からじ。

（雨月・23・3）

(39) この人酒よく呑みなして、いつとても肴東なる最上川にすみける
　　花蟹といへる<u>を</u>塩漬にしてこれを好ける。（一代女・453・14）

(40) 清水の西門にて三味線ひきてうたひける<u>を</u>聞けば、

（一代女・446・8）

② 類型Ⅰ-Ⅰ（連体形+を+従属節+述語）（総56例）

　・「動詞+を」（22例）

(41) かの岸に願ひ、これなる池に入水せんと一筋にかけ出る<u>を</u>、む
　　かしのよしみある引き留めて、（一代女・582・10）

(42) 生みの母の追出す<u>を</u>、継父の我ら、軽薄らしう止められず、

（油地獄・548・12）

(43) 逢う<u>を</u>待間に恋死なんは人しらぬ恨みなるべしと又よよと泣く
　　<u>を</u>夜こそ短きにといひなぐさめてともに臥ぬ。（雨月・42・9）

(44) 胸を押さへて湯どのより出んとする<u>を</u>、抱芸者秀次といへるが
　　引きとどめ、耳に口よせ小声にて（春色・224・11）

(45) 丹次郎もつづいて上り口へ行く<u>を</u>、米八はうしろから背中をひ
　　どくつめり、眉毛をあげてにらみながら元の処へすはり

（春色・101・2）

　・「形容詞+を」（3例）

(46) ききわけなき<u>を</u>藤べゑはきのどくにおもひ（春色・158・16）

(47) 足くびのふとき<u>を</u>裾長にして包み、（一代女・504・10）

(48) 五分取は、自ら戸をさして、豊島莚のせまき<u>を</u>片手にして敷
　　き、（一代女・472・4）

・「助動詞+を」（31例)[9]

(49) はみがきのふくろをやうじにてつらぬきしを、はけのあいたへ
はさみ、(浮世風呂・56・6)

(50) そなたが七つ、のらめは四つ、ぼん様、兄様、徳兵衛どうせい
かうせいと言うたを、きやつはきつと覚えてゐる。

(油地獄・532・11)

(51) しろき肌帷子、地紅に御所車の縫ひたる振り袖、牡丹唐草の金
入りの帯、前結びにせしを、「牢人衆の娘というて置いた」
と、後帯に仕替えさすも気が付き過ぎてをかし。

(一代女・564・3)

(52) つゐちはまりのうへ木のえたに、めんつをひしとかけてをひた
るを、やなきはらとの、御らむして、(きのふは・下1)

(53) この女朱座の門に立ち、または両替屋のおもてに立ち、戸の明
かぬを、うらめしそうに見える。(西鶴・155・10)

③ 類型Ⅱ（連体形＋を＋述語なし・「を」文中に位置）（総26例）

・「動詞+を」（8例）

(54) 「申し掛かつて合点まゐらずば、これまでの命」とおもひ切る
を、いづれも出合ひ、「ここは何とぞあるべし。我々に御まかせ
あれ」と申すうち、乗物、長持かき入れける。(西鶴・169・2)

(55) かの半女と心のあるやうに申すを、沙汰なしに酒など買うて、
口をふさぎぬ。(西鶴・148・11)

((56) うまえついてのしんせつもの、くはしくきくを、由次郎べゑ
がせなかをたたき (春色・156・16)

(57) 「定まりの十文にて、各別のほり出しあり」といふを、その間

---

9) 詳しくは次の通りである。
「き」11例「けり」5例「たり」2例「なり」3例「り」3例「た」2例
「す」1例「ず」4例

を待ちかねて、(一代女・574 ・13)

・「形容詞+を」(2例)

(58) 木立わづかに間たる所に土あつく積たるが上に石を三かさねに畳みなしたるが荊棘薜蘿にうづもれてうらがなしき<u>を</u>、これならん御墓にやと心もかきくらまされてさらに夢現をもわきがたし。(雨月・2・7)

(59) それをいかなる故ぞととふに、我国は天照すおほん神の開闢にしろしめしししより大王絶る事なき<u>を</u>かく口賢しきをしへを伝へなば末の世に神孫を奪ふて罪なしといふ敵も出べしと八百よろづの神の悪ませ玉ふて神風を起して船を覆し玉ふと聞。

(雨月・8・7)

・「助動詞+を」(16例)[10]

(60) その時を待つに、御しらせたがはず、小者姿にして、御出あそばしける<u>を</u>、御門をまぎれ出、はやその夜に、土器町といふ所に、よしみの者あり、これしのび、すこしの裏棚を借りて、人しれず住みけるに、(西鶴・149・5)

(61) 二編女中湯の発端も此むれの婦人なりし<u>を</u>、ここにもおなじたぐひを出せるは趣向めづらしからねど、すべて女中湯の朝の間は、町鯨舎か、料理家の娘、あるひは鹿恋などの多く入湯するゆゑやむことをえず。(浮世風呂・177・12)

(62) 夫婦の中をうたてく、身が自由になららぬ<u>を</u>、明暮悔むを見かねて追ひ出され、かの男たづねてもしれずして、(一代女・548・11)

(63) おれも袋に二つ入た<u>を</u>、一つは竿につつはめて、一つは背中に引付た。(きのふ・上17オ)

---

10) 詳しくは次の通りである.
「き」5例「けり」1例「た」2例「なり」3例「たり」1例「ず」3例「さす」1例

④ 類型Ⅱ－Ⅰ（連体形＋を＋述語省略）（18例）

・「動詞+を」（11例）

(64) 有もの、よき女はうをまうけて、しまんするを、さるいたつら
ものの云、き殿のお内儀、方のことくすれたるか玉にきすち
や。（きのふ・下62）

(65) 人々のさわぐを、法師うち笑つて、（西鶴・135・8）

(66) 丸裸にて起き出、火打箱が見えぬと、探り歩くを、触じと、あ
なたこなたへ這ひまつはるる玉葛、（曾根崎・76・16）

(67) 横取りにして、抱きて逃ぐるを「それそれ」と声をたつるに、
追っかくる人もはや、形を見失ひける。（西鶴・110・7）

・「助動詞+を」（7例）[11]

(68) いつとなく見し夢に、この文自らが面影となり、夜すがら物語
せしを、そばちかく寝たる人ども耳おどろかしぬ。

（一代女・480・7）

(69) 又ひとりの女、われながらくつくつ笑ひ出して、物をもいはざ
るを、「何事か」と、おのおの尋ねけるに、（一代女・574・7）

⑤ 類型Ⅱ－Ⅱ（連体形＋を＋指示代名詞＋を＋述語なし）（2例）

・「動詞+を」（2例）

(70) 太鼓女郎に加賀節望みて、うたうて引くを、それをも心をとめ
て聞かず（一代女・453・3）

(71) 八寸五分の袖口をひけらかして腹立つるを、とやかくこれをな

---

11) 詳しくは次の通りである。
「き」4例「ず」2例「なり1例」

だめるうちに（一代女・540・1）

⑥ 類型Ⅲ（連体形+を+述語なし・「を」文末に位置）（4例）

・「形容動詞+を」（1例）

(72) 天下は神器なり。人のわたくしをもて奪ふとも得べからぬことわりなる<u>を</u>。（雨月・9・3）

・「助動詞+を」（3例）[12]

(73) 松山の浪のけしきかはらじ<u>を</u>。かたなく君はなりまさりけり。

（雨月・3・7）

以上の内容をまとめると次のようである。

・類型Ⅰ（格助詞としての用法）の上接語：「動詞+を」63%、「形容詞+を」11%、「形容動詞+を」3%、「助動詞」23%
・類型Ⅰ－Ⅰ（格助詞の過渡的用法）の上接語：「動詞+を」39%、「形容詞+を」5%、「形容動詞+を」0%、「助動詞」55%
・類型Ⅱ（接続助詞としての用法）の上接語：「動詞+を」31%、「形容詞+を」7%、「形容動詞+を」0%、「助動詞」62%
・類型Ⅱ－Ⅰ（接続助詞の過渡的用法）の上接語：「動詞+を」61%、「形容詞+を」0%、「形容動詞+を」0%、「助動詞」39%
・類型Ⅱ－Ⅱ（接続助詞の過渡的用法）の上接語：「動詞+を」100%
・類型Ⅲ（間投助詞としての用法）の上接語：「動詞+を」25%、「形容詞+を」0%、「形容動詞+を」0%、「助動詞」75%

---

12) 詳しくは次の通りである。
　「なり」1例「じ」1例「さす」1例

これを「表」にまとめるとつぎのようである。(「表B」)

類型 上接語	I (格)	I－I (格・過)	II (接続)	II－I (接続・過)	II－II (接続・過)	III (間投)	計
動詞	135 (63)	22 (39)	8 (31)	11 (61)	2 (100)	0	178
形容詞	22 (11)	3 (5)	2 (7)	0	0	0	27
形容動詞	7 (3)	0	0	0	0	1 (25)	8
助動詞	49 (23)	31 (55)	16 (62)	7 (39)	0	3 (75)	106
計	213	56	26	18	2	4	319

「表B」近世における「連体形+を」の類型別上接語

「表B」によると次のような傾向のあることが分かる。

　　・類型 I (格助詞としての用法) の上接語
　　　　:「助動詞」と「動詞」が多い。
　　・類型 I－I (格助詞の過渡的用法)の上接語
　　　　:「助動詞」と「動詞」が多い。
　　・類型 II (接続助詞としての用法)の上接語
　　　　:「助動詞」と「動詞」が多い。
　　・類型 II－I (接続助詞の過渡的用法)の上接語
　　　　:「助動詞」と「動詞」が多い。
　　・類型 II－II (接続助詞の過渡的用法)の上接語 :「助動詞」
　　・類型 III (間投助詞としての用法)の上接語 :「助動詞」が多い。

　各類型に共通して多いのは「助動詞+を」で、格助詞としての用法である類型 I と格助詞の過渡的用法である類型 I－I は上接語に「助動

詞」と「動詞」が多い点で同じ傾向を示す。また、接続助詞の用法である類型Ⅱと接続助詞の過渡的用法の類型Ⅱ-Ⅰ・間投助詞としての用法である類型Ⅲは「助動詞」が多い点で同じ傾向を示す。特に注目すべきは接続助詞の過渡的用法の類型Ⅱ-Ⅱ はほぼ「助動詞+を」であるという点である。

5-3-2「助動詞+を」の上接語

では、「助動詞+を」にはどんな種類があるかを調査、考察することにする。代表的な種類だけを整理し「表」にまとめると次のようである。13)(「表C」)

類型 助動詞	Ⅰ (格)	Ⅰ-Ⅰ (格・過)	Ⅱ (接続)	Ⅱ-Ⅰ (接続・過)	Ⅱ-Ⅱ (接続・過)	Ⅲ (間投)
き	14(29)	11(35)	5(31)	4(57)	0	0
けり	3(6)	5(16)	1(6)	0	0	0
た	10(20)	2(6)	2(13)	0	0	0

「表C」近世における「助動詞+を」の類型別主な上接語

「表C」の主な上接語「き」「けり」「た」の出現頻度数によると次のような傾向が見られる。

- ・類型Ⅰ(格助詞としての用法)の上接語
  :「き」「けり」「た」の順に多い。
- ・類型Ⅰ-Ⅰ(格助詞の過渡的用法)の上接語
  :「き」「た」「けり」の順に多い。
- ・類型Ⅱ(接続助詞としての用法)の上接語

---

13)「助動詞+を」の詳しい数字は別紙の「表8」

　　　　：「き」「けり」「た」の順に多い。
　　・類型Ⅱ-Ⅰ(接続助詞の過渡的用法)の上接語
　　　　：「けり」「た」「き」の順に多い。
　　・類型Ⅱ-Ⅱ(接続助詞の過渡的用法)の上接語：すべて「た」
　　・類型Ⅲ(間投助詞としての用法)の上接語
　　　　：「き」が多く、「けり」と「た」は現れない。

　類型Ⅱ-Ⅰの接続助詞の過渡的用法を除き、すべて「き+を」の方が「けり+を」より多く現れていることが分かる。ただし、類型Ⅱ-Ⅱの接続助詞の過渡的用法はすべて「た+を」である。

5-4 中世との比較

　ここでは中世の「連体形+を」と比較を通じその変化を考察したい。先ず「連体形+を」の類型別出現頻度数を比較するが、それを「表」にまとめると次のようである。(「表D」)

類型 時代	Ⅰ (格)	Ⅰ-Ⅰ (格・過)	Ⅱ (接続)	Ⅱ-Ⅰ (接続・過)	Ⅱ-Ⅱ (接続・過)	Ⅲ (間投)	計
中世	676(63)	86(8)	242(22)	45(4)	27(2)	10(1)	1086
近世	213(67)	56(17)	26(8)	18(6)	2(1)	4(1)	319

「表D」中世・近世における「連体形+を」の類型別出現頻度数

　「表D」によると中世から近世にかけて次のような変化の起ったことがわかる。

　　・増加：類型Ⅰ(格助詞としての用法)：63%→67%
　　　　　　類型Ⅰ-Ⅰ(格助詞の過渡的用法)：8%→17%
　　　　　　類型Ⅱ-Ⅰ(接続助詞の過渡的用法)：4%→6%

・減少 ： 類型Ⅱ(接続助詞としての用法) ： 22%→8%
　　　　類型Ⅱ-Ⅱ(接続助詞の過渡的用法) ： 2%→1%
・変化なし ： 類型Ⅲ(間投助詞としての用法)

　格助詞としての用法である類型Ⅰは4%増加の増加を見せ、格助詞の過渡的用法の類型Ⅰ-Ⅰは9%、接続助詞の過渡的用法(類型Ⅱ-Ⅰ)は2%増加していることが分かる。しかし、接続助詞としての用法である類型Ⅱは14%減少し大幅の減少の傾向を見せるが、接続助詞の過渡的用法の類型Ⅱ-Ⅱと間投助詞としての用法の類型Ⅲはほぼ変化がない。では「連体形+を」の上接語の変化について調査、考察する。その内容を「表」にまとめると次のようである。(「表E」)

類型	Ⅰ (格)		Ⅰ-Ⅰ (格・過)		Ⅱ (接続)		Ⅱ-Ⅰ (接続・過)		Ⅱ-Ⅱ (接続・過)		Ⅲ (間投)	
時代 上接語	中世	近世	中世	近世	中世	近世	中世	近世	中世	近世	中世	近世
動詞	33	63	32	40	21	31	11	61	7	100	20	0
形容詞	7	11	2	5	3	7	0	0	0	0	10	0
形容動詞	1	3	1	0	0	0	2	0	0	0	0	25
助動詞	59	23	65	55	76	62	87	39	93	0	70	75

「表E」中世・近世における「連体形+を」の上接語 (数字は%を表す)

　「表E」の上接語の中で主に「動詞」と「助動詞」の変化を中心にまとめると次のようである。

・「動詞+を」の増加 ： 類型Ⅰ(格助詞としての用法) ： 33%→63%
　　　　類型Ⅰ-Ⅰ(格助詞の過渡的用法) ： 32%→40%
　　　　類型Ⅱ(接続助詞としての用法) ： 21%→31%
　　　　類型Ⅱ-Ⅰ(接続助詞の過渡的用法) ： 11%→61%

・「動詞+を」の減少 ： 類型Ⅲ(間投助詞としての用法)：20%→0%

　　類型Ⅱ-Ⅱ(接続助詞の過渡的用法)：7%→0%

・「助動詞+を」の増加 ： 類型Ⅲ(間投助詞としての用法)：70%→75%

　　類型Ⅱ-Ⅱ(接続助詞の過渡的用法)：93%→100%

・「助動詞+を」の減少 ： 類型Ⅰ(格助詞としての用法)：59%→23%

　　類型Ⅰ-Ⅰ(格助詞の過渡的用法)：66%→55%

　　類型Ⅱ(接続助詞としての用法)：76%→62%

　　類型Ⅱ-Ⅰ(接続助詞の過渡的用法)：87%→39%

　全般的に「動詞+を」は増加し、逆に「助動詞+を」は減少している。特に「助動詞+を」の大幅の増加を見せるのは格助詞としての用法と類型Ⅱ-Ⅰ(接続助詞の過渡的用法)で増加率はそれぞれ30%と50%である。また、「助動詞+を」の大幅の減少を見せるのは格助詞としての用法と類型Ⅱ-Ⅰ(接続助詞の過渡的用法)で減少率はそれぞれ36%と48%である。この数字の変化から格助詞としての用法と類型Ⅱ-Ⅰ(接続助詞の過渡的用法)は「助動詞+を」から「動詞+を」へ移動していったのではないかと言う推測が可能となる。

　では、「助動詞+を」の様相を調査、考察する。詳しい内容は前に触れた通りであり、ここでは中世との比較のため代表的な助動詞として「き」「けり」「た」だけを取り上げ、「表」にまとめる。(「表F」)

類型	Ⅰ (格)		Ⅰ-Ⅰ (格・過)		Ⅱ (接続)		Ⅱ-Ⅰ (接続・過)		Ⅱ-Ⅱ (接続・過)		Ⅲ (間投)	
時代 助動詞	中世	近世	中世	近世	中世	近世	中世	近世	中世	近世	中世	近世
き	22	29	19	35	50	31	20	57	0	0	43	0
けり	18	6	46	16	15	6	44	0	0	0	0	0
た	13	20	0	6	5	13	23	0	100	0	0	0

「表F」中世・近世における「助動詞+を」の主な上接語(数字は%を表わす)

「表F」によると次のような変化のあることが分かる。

    ・「き」の増加 ： 類型Ⅰ(格助詞としての用法)
                    類型Ⅰ-Ⅰ(格助詞の過渡的用法)
                    類型Ⅱ-Ⅰ(接続助詞の過渡的用法)
    ・「けり」の増加 ： なし
    ・「た」の増加 ： 類型Ⅰ(格助詞としての用法)
                    類型Ⅰ-Ⅰ(格助詞の過渡的用法)
                    類型Ⅱ(接続助詞としての用法)

  近世に入り、上接語として「き」・「た」は類型によって増加と減少の傾向を示すが、「けり」はすべての類型において減少を見せている。

5-5 まとめ

  以上述べた内容をまとめると次のようである。

  ① 近世における「連体形＋を」は類型Ⅰ・類型Ⅰ-Ⅰ・類型Ⅱ・類型Ⅱ-Ⅰ・Ⅱ-Ⅱ類型・類型Ⅲの6種類に分けられ、それぞれ格助詞・格助詞の過渡的的・接続助詞・接続助詞の過渡的的・間投助詞としての用法に分類される。

  ② 各類型の出現頻度数は格助詞としての用法67%・格助詞の過渡的用法17%・接続助詞としての用法8%・類型Ⅱ-Ⅰ(接続助詞の過渡的用法)6%・間投助詞としての用法1%・類型Ⅱ-Ⅱ(接続助詞の過渡的用法)1%であり、格助詞としての用法が最も多く、接続助詞としての用法はあまり現れない。間投助詞としての用法はまれにしか現れない。過渡的用法も類型Ⅰ-Ⅰを除くとほぼ現れなくなっている。これを中古と比

べると次のような変化のあることが分かる。

　　　　・類型Ⅰ(格助詞としての用法)：4%増加
　　　　・類型Ⅰ-Ⅰ(格助詞の過渡的用法)：9%増加
　　　　・類型Ⅱ(接続助詞としての用法)：14%減少
　　　　・類型Ⅱ-Ⅰ(接続助詞の過渡的用法)：2%増加
　　　　・類型Ⅱ-Ⅱ(接続助詞の過渡的用法)：1%減少
　　　　・類型Ⅲ(間投助詞としての用法)：変化なし

　特に格助詞の過渡的用法は介入した従属節が短くなっていることから格助詞としての用法に近づいてきているように思われる。

　③「連体形+を」の各類型別主な上接語は次のようである。
　　　・類型Ⅰ(格助詞としての用法)：「動詞」「助動詞」
　　　・類型Ⅰ-Ⅰ(格助詞の過渡的用法)：「動詞」「助動詞」
　　　・類型Ⅱ　(接続助詞としての用法)：「動詞」「助動詞」
　　　・類型Ⅱ-Ⅰ(接続助詞の過渡的用法)：「助動詞」「動詞」
　　　・類型Ⅱ-Ⅱ(接続助詞の過渡的用法)：「助動詞」
　　　・類型Ⅲ　(間投助詞としての用法)：「助動詞」
　　　この傾向は中世と比較すると次のような変化が見られる。
　　　・類型Ⅰ(格助詞としての用法)
　　　　　：「動詞」30%増加「助動詞」36%減少
　　　・類型Ⅰ-Ⅰ(格助詞の過渡的用法)
　　　　　：「動詞」8%増加「助動詞」11%減少
　　　・類型Ⅱ(接続助詞としての用法)
　　　　　：「動詞」10%増加「助動詞」14%減少
　　　・類型Ⅱ-Ⅰ(接続助詞の過渡的用法)

　　　　：「動詞」50%増加「助動詞」48%減少

　　・類型Ⅱ-Ⅱ(接続助詞の過渡的用法)

　　　　：「動詞」7%減少「助動詞」7%増加

　　・類型Ⅲ (間投助詞としての用法)

　　　　：「動詞」20%減少「助動詞」5%増加

　④「助動詞+を」の主な「助動詞」として「き」「けり」「た」を挙
げられるが、各類型の特徴は次のようである。

　　・類型Ⅰ(格助詞としての用法)：「き」「た」が多い

　　・類型Ⅰ-Ⅰ(格助詞の過渡的用法)：「き」「けり」が多い

　　・類型Ⅱ (接続助詞としての用法)：「き」「た」が多い

　　・類型Ⅱ-Ⅰ(接続助詞の過渡的用法)：すべて「き」

　　・類型Ⅱ-Ⅱ(接続助詞の過渡的用法)：なし

　　・類型Ⅲ (間投助詞としての用法)： なし

　これを中世と比較すると次のような変化がある。

　　・類型Ⅰ(格助詞としての用法)

　　　　：「き」7%増加「けり」12%減少「た」7%増加

　　・類型Ⅰ-Ⅰ(格助詞の過渡的用法)

　　　　：「き」16%増加 「けり」30%減少「た」6%増加

　　・類型Ⅱ(接続助詞としての用法)

　　　　：「き」19%減少「けり」9%減少「た」8%増加

　　・類型Ⅱ-Ⅰ(接続助詞の過渡的用法)

　　　　：「き」37%増加「けり」44%減少「た」23%減少

　　・類型Ⅱ-Ⅱ(接続助詞の過渡的用法)：「た」100%減少[14]

　　・類型Ⅲ (間投助詞としての用法)

　　　　：「き」43%減少「けり」変化なし「た」変化なし

---

14) 中世と近世の類型Ⅱ-Ⅱの用例数は各々25例と0例である。

　中世と比べると近世に入り、「き」は格助詞としての用法・格助詞の過渡的用法・類型II-I(接続助詞の過渡的用法)では増加するが、接続助詞としての用法・間投助詞としての用法では減少の傾向を見せる。「けり」はすべての類型で減少している。「た」は格助詞としての用法・格助詞の過渡的用法・接続助詞としての用法で増加、類型II-I(接続助詞の過渡的用法)・類型II-II(接続助詞の過渡的用法)では減少している。

第6章 近代における「連体形＋を」

第6章 近代における「連体形+を」

　近代は、外国から新しい文化や事物が流入する中で、激しい変化を
とげた時代である。言語ではいわゆる言文一致運動がおこり、特に文
体の部分で大きい変化がみられる。しかし、文学作品には擬古文・和
漢混淆文も用いられ、これらの文体の基本的な部分は中古時代の言語
体系によっている。

　このような背景のもとで近代における助詞「を」にどのような特
徴・変化が現れているかを調査し考察する。前章と同様、近代の資料
に現れた助詞「連体形+を」を類別に分類し、その様子を考察する。ま
た、分類された各類型は格助詞・接続助詞・間投助詞としての用法と
の関連を考察し、近代における「連体形+を」の特徴を明らかにする。
さらに「連体形+を」の上接語を調査し各類型の特徴を考察する。これ
らを近世との比較を通じ助詞「を」の用法の変化について探って見た
い。

6-1 類型別分類と特徴

　近代における「連体形+を」を各類型に分類すると類型Ⅰ・類型Ⅰ-
Ⅰ・類型Ⅱ・類型Ⅱ-Ⅰ・類型Ⅲの5種類に分類する。類型別用例は次
のようである。

6-1-1 類型Ⅰ（連体形＋を＋述語）

文脈から考えて、対応する述語用言があり、目的語となっている連体形を承けていると考えられる。構文的特徴は「連体形＋を」とそれを承ける述語が近くに位置することであり、本研究では類型Ⅰと命名する。その用例を挙げると次のようである。

(1) 正月の十五日に御老中の安藤の登城する<u>を</u>待うけ（春雨・5・320）
(2) うれしそうに人のそわつく<u>を</u>見るにつけ聞くにつけ（浮雲・7・80）
(3) 皆が騒ぐ<u>を</u>見るばかりでは美登利さんだとて面白くはあるまい
（たけくらべ・3・56）
(4) 彼等の打連れて門を出づる<u>を</u>見て、始めて失望せしもの寡からず、（金色・2章・133上）
(5) わりばしのさきにたれのつきたる<u>を</u>二ほんつかみて手びやうしをうちながら（安愚楽・141上）

用例(1)は「登城する」とそれを承ける述語「待うけ」がヲ格の直後に存在し、ヲ格が格助詞であることが容易にわかる。用例(2)から(5)までも同じく、助詞「を」を承ける述語「見る」「見る」「見る」「つかむ」がヲ格のすぐ後に存在することから格助詞としての用法と考えられる。用例数は近代における資料に現れた「連体形＋を」の総用例数200例中153例(77%)である。1)

6-1-2 類型Ⅰ-Ⅰ（連体形＋を＋従属節＋述語）

「連体形＋を」と述語との間に従属節等が入り、「連体形＋を」が表す内容は目的語の行為・状態等であるが、従属節を取り除けば格助詞と

---

1) 各資料での類型Ⅰの出現頻度数は次の通りである。
「安愚楽」8例「春雨」40例「浮雲」15例「たへくらべ」24例「金色」59例「蒲団」7例「すみだ川」0

しての分類も可能である。しかし、長い従属節が挿入された場合は
「……だが、」のように接続助詞としての用法に近い解釈も可能とな
る。 この類型は「連体形+を」と述語との間に挿入された従属節は時
代が下がるにつれて長文から短い文へと変化し、結局、類型Ⅰの格助
詞としての用法に吸収されていったことが推定できる。本研究では類
型Ⅰ-Ⅰと命名する。その用例を挙げると次のようである。

> (6) 泥草履つかんで投げければ、ねらひ違はず美登利が額際にむか
> ひ血相かへて立ちあがるを怪我でもしてはと抱きとむる女房
> (たけくらべ・5・61)
> (7) 意地わるの嵐またもや落し来て、立かけし傘のころころと転り
> 出るを、いまいましい奴めと腹立たしげにいひて、取止めんと
> 手を延ばすに、膝へ乗せて置きし小包み意久地もなく落ち
> (たけくらべ・12・87)
> (8) 羽織の袂も泥に成りて見にくかりしを，居あはせたる美登利み
> かねて我が紅の絹はんけちを取出し (たけくらべ・7・67)

　用例(6)は「立ちあがるを」と述語「抱きとむる」との間に従属節
「怪我でもしてはと」が挿入されている。用例(7)は「転り出るを」と
述語「取止めん」との間に「いまいましい奴めと腹立たしげにいひ
て」が、用例(8)は「見にくかりしを」と述語「みかねて」の間に「居
あはせたる美登利」が挿入されている。この類型は「連体形+を」と述
語の間に従属節が介入し目的語と述語が離れているが、介入した従属
節は中古と比較し遥かに短くなっている。この現象は前に触れたよう
に近世に入ってから見られるもので、介入した従属節が短くなり、類
型Ⅰに近づいている点で格助詞としての用法にちかづいているといえ
る。用例数は近代における資料に現れた「連体形+を」の総用例数200
例中11例(0.6%)しかなく、非常に減少化が進んでいることがわかる。2)

6-1-3 類型Ⅱ（連体形+を+述語なし・「を」文中に位置）

　文脈から考えて「連体形+を」を承ける述語がなく、「連体形+を」は文中に位置し、前句と後句を接続する働きをする。本研究では類型Ⅱと命名する。その用例を挙げると次のようである。

> (9) パアパア言ひながら娘の手を取り、傍なる松の木陰へ引きずつて住んするを住まじと争ふものから女の力何様せんかたもなく
> （春雨・11・335上）
> (10) ふきかへのたびにちひさくなり性もおひおひわるくなったを開花文明にしたがつて人も怜悧になり（安愚楽・153下）
> (11) 臆病至極の身なりけるを、学校にての出来ぶりといひ自分がらの卑しからぬにつけて然る弱虫とは知る者なく、水の谷の池に入水したるを新しい事とて伝へる位なもの、（たけくらべ・9・78）

　用例(9)は「住んとするを」を承ける述語はなく、前句「傍なる松の木陰へ引きずつて住んとする」と後句「住くまじ」との間には対立的意味関係が認められるので逆接の接続助詞の用法と思われる。用例(10)は前句「ふきかへのたびにちひさくなり性もおひおひわるくなった」と後句「開花文明にしたがつて人も怜悧になり」との間には用例(9)のような対立的な意味関係は認められない単純な接続である。用例(11)は前句「臆病至極の身なりける」と後句「学校にての出来ぶりといひ自分がらの卑しからぬにつけて然る弱虫とは知る者なく」との間には用例(9)のような対立的意味関係が成立している。用例数は近代における資料に現れた「連体形+を」の総用例数200例中21例（11%）である。3)

---

2) 各資料での類型Ⅰ-Ⅰの出現頻度数は次のようである。
　「安愚楽」0「春雨」2例「浮雲」0「たけくらべ」5例「金色」4例「蒲団」0
　「すみだ川」0

6-1-4 類型Ⅱ-Ⅰ（連体形+を+述語省略）

　構文上「連体形+を」を承ける述語は見当たらないが、述語が省略されているものとも考えられる。この類型は「連体形+を」を承ける述語がないという点では接続助詞と分類できるが、意味的観点から「連体形+を」の後に「見て」「聞きて」等の述語を補うことにより格助詞としての分類も可能となる。本研究ではこの類型を類型Ⅱ-Ⅰと命名する。その用例を挙げると次のようである。

(12) 酒をたんと飲む人は往昔から長生をしねへと正礼の附て有る<u>を</u>
　　 意地の穢ねへものさなあと内を外なる行状を顔にも出さず忠や
　　 かな其任こなし女房ながら気の毒に思ふゆゑ自然なる愛想も親
　　 しき中の礼義なるべし折りから小僧が障子をあけ

　　　　　　　　　　　　　　　　　　　　　　　　（春雨・9・330下）

(13) ……と真面目に問ふ<u>を</u>、いいゑ、と母親怪しき笑顔をして少し
　　 経てば癒りませう（たけくらべ・15・95）

(14) 宮は笑を含みて言はざる<u>を</u>、母は傍より、（金色・7・148上）

(15) 然れども貫一の屈托顔して絶えず思の非ぬ方に馳する気色なる
　　 <u>を</u>、「お前如何ぞ為なすつたか。うむ、元気が無いの」

　　　　　　　　　　　　　　　　　　　　　　　　（金色・6・142・下）

　用例(12)は「有るを」の後に述語「見て」を補うことにより格助詞としての用法とも考えられるが、構文上述語は存在しない。これと同様、用例(13)は「問ふを」の後に「聞きて」、用例(14)は「言はざるを」の後に「聞きて」、用例(15)は「気色なるを」の後に「見て」等の述語が省略されているとも考えられ、それらの述語を補うことにより、格助詞としての用法とも考えられる。本論文ではこのような「連

---

3) 各資料での類型Ⅱの出現頻度数は次のようである。
　「安愚楽」1例「春雨」5例「浮雲」0「たけくらべ」7例「金色」8例
　「蒲団」0「すみだ川」0

体形+を」は過渡的用法とする。

　用例数は近代における資料に現れた「連体形+を」の総用例数200例中5例(3%)である。4)

6-1-5 類型Ⅲ(連体形+を+述語なし・「を」文末に位置)

「連体形+を」を承ける述語がなく、助詞「を」は文末に位置する。この類型は強い詠嘆の気持を表すところに特徴があり、本研究では類型Ⅲと命名する。その用例を挙げると次のようである。

> (16) 何を憎んで其やうに無情そぶりは見せらるる、言ひたい事は此方にあるを。　余りなんとこみ上るほど思ひに迫れども、
>
> (たけくらべ・13・89)
>
> (17) 然も無かりし人の顔の色の俄かに光を失ひたるやうにて、振舞など別けて力無く、笑ふさへいと打湿りたるを。
>
> (金色・5・138上)
>
> (18) 過ぐれば夢より淡き小恩をもわすれずして、貧しき孤子を養へる志は、えを諮して余あるを。(金色・6・145下)
>
> (19) なかなか同じ処居て飽かず顔を見たるにへて、其の楽は深かるべきを。(金色・6・142・下)

　用例(16)から用例(19)までは文末に位置し、詠嘆または強意等を表し、間投助詞としての用法と思われる。用例数は近代における資料に現れた「連体形+を」の総用例数200例中10例(5%)である。5)

---

4) 各資料での類型Ⅱ-Ⅰの出現頻度数は次の通りである。
　「安愚楽」0「春雨」2例「浮雲」0「たけくらべ」1例「金色」2例「蒲団」0「すみだ川」0

5) 各資料での類型Ⅲの出現頻度数は次のようである。
　「安愚楽」0「春雨」1例「浮雲」0「たけくらべ」1例「金色」8例「蒲団」0「すみだ川」0
　なお、各資料における「連体形+を」の類型別出現頻度数は別紙「表9」

6-2 類型別出現頻度数による傾向

以上で述べた内容をまとめると次の通りである。

・類型Ⅰ(格助詞としての用法)：153例(77%)
・類型Ⅰ-Ⅰ(格助詞の過渡的用法)：11例(5%)
・類型Ⅱ(接続助詞としての用法)：21例(10%)
・類型Ⅱ-Ⅰ(接続助詞の過渡的用法)：5例(3%)
・類型Ⅲ(間投助詞としての用法)：10例(5%)

これを表にまとめると次のようである。(「表A」)

類型	Ⅰ (格)	Ⅰ-Ⅰ (格・過)	Ⅱ (接続)	Ⅱ-Ⅰ (接続・過)	Ⅱ-Ⅱ (接続・過)	Ⅲ (間投)
頻度数	153(77)	11(5)	21(10)	5(3)	10(5)	200

「表A」近代における「連体形+を」の類型別出現頻度数

「表A」によると近代における「連体形+を」は格助詞としての用法が77%で最も高く、接続助詞としての用法は10%で非常に低くなっている。間投助詞としての用法は5%で低い数字は見せるが、近代に至ってもなお根強く現れている。格助詞の過渡的用法は5%、接続助詞の過渡的用法の類型Ⅱ-Ⅰは3%であり、近代ではあまり使われなくなっている。従って、この過渡的用法は時代が下がるにつれ格助詞の用法に吸収されていったと推測することが可能である。

6-3 上接語による傾向

ここでは「連体形+を」の上接語を中心とした各類型別特徴について

調査、考察する。上接語は先ず品詞別に分類しその出現頻度数を調べる。次は分類した品詞の中で助動詞の種類を中心とした調査、考察を行うことにする。

6-3-1 「連体形+を」の上接語

近代の資料に現れた各類型別「連体形+を」の上接語について調査、考察することにする。各類型別上接語は次のようである。

① 類型Ⅰ（連体形＋を＋述語）（総153例）

・「動詞+を」（72例）

(20) 此年の夏大学に入る<u>を</u>待ちて、宮が妻とせらるべき人なり。

(金色・2・134上)

(21) 皆が騒ぐ<u>を</u>見るばかりでは美登利さんだとて面白くはあるまい、

(たけくらべ・3・56)

(22) 父は彼の尋常中学を卒業する<u>を</u>見るに及ばずして病死せしより、

(金色・3・134上)

(23) 彼等の打連れて門を出づる<u>を</u>見て、始めて失望せしもの

(金色・2・133上)

(24) 遅れし宮の辿着く<u>を</u>待ちて言出せり。(金色・2・133上)

・「形容詞+を」（17例）

(25) 足にはぬり木履ここらあたりにも多くは見かけぬ高き<u>を</u>はきて、(たけくらべ・3・54)

(26) 口なし染の麻だすき成るほど太き<u>を</u>好みて、(たけくらべ・4・57)

(27) 身の重きに堪えず、心の苦しき<u>を</u>感じたり。(金色・6・143上)

(28) 羽織の紐の長き<u>を</u>はづし、(たけくらべ・13・90)

・「形容動詞+を」(2例)

(29) きものも上下ふぞろいなるをいくぢもなくきなしくろのはおり
むらさきのふとひもをなだかにむすびて、(安愚楽・143・下)

・「助動詞+を」(62例)6)

(30) たう紙のまきたると扇子のつかねたるをあめりかざらさのふろ
しきにつつみ、(安愚楽・143・下)

(31) 古くより待つたへし錦絵かずかず取出し、褒めらるるを嬉しく
(たけくらべ・6・65)

(32) 我は常に我思恩人の独汚に染みざるを信じて疑はざりき。
(金色・6・145下)

(33) 貫一は不在なりしかば此の珍き客来のありしを知らず、
(金色・5・137下)

② 類型Ⅰ－Ⅰ(連体形+を+従属節+述語)(総11例)

・「動詞+を」(1例)

(34) 意地わるの嵐またもや落とし来て、立かけし傘のころころと転
り出るを、いまいましい奴めと腹立たしげにいひて、取り留め
んと手を延すに、(たけくらべ・12・87)

・「形容詞+を」(1例)

(35) 吾が宮の如く美しきを、目あり心あるものの誰かは恋ひざら
ん。(金色・6・144下)

---

6) 詳しくは次の通りである。
「き」11「けり」1「なり」11「たり」8「む」2「た」6「べし」2「らる」3
「ず」18

・「助動詞＋を」(9例)[7]

(36) 奥さまにと仰せれし<u>を</u>、心意気に入らねば姉さま嫌ひてお受け
　　はせざりしが、(たけくらべ・7・70)

(37) 羽織の袂も泥に成りて見にくかりし<u>を</u>、居あわせたる美登利み
　　かねて我が紅の絹はんけちを取出し、(たけくらべ・7・67)

③ 類型Ⅱ(連体形＋を＋述語なし・「を」文中に位置)(総21例)

　・「動詞＋を」(8例)

(38) 落ついて言ひながら目には気弱の涙のうかぶ<u>を</u>、何とて夫れに
　　心を置くべき帰ってお呉れ、(たけくらべ・15・97)

(39) 膝へ乗せて置きし小包み意久地もなく落ちて、胸の動悸の早く
　　打つ<u>を</u>、人の見るかと背後の見られて (たけくらべ・12・87)

　・「形容詞＋を」(2例)

(40) これも立尽して降雨袖に侘しき<u>を</u>、厭ひもあへず小隠れて覗ひ
　　しが、(たけくらべ・13・89)

　・「助動詞＋を」(11例)[8]

(41) 臆病至極の身なりける<u>を</u>、学校にての出来ぶりといひ自分がら
　　の卑しからぬにつけて然る弱虫とは知る者なく

　　　　　　　　　　　　　　　　　　　　　　(たけくらべ・9・78)

(42) 父在りし日さへ月謝の支出の血を絞るばかりに苦き痩せ帯なり

_____

7) 詳しくは次の通りである。
　「き」3「たり」1「り」2「らる」1「た」2
8) 詳しくは次の通りである。
　「き」2「けり」2「なり」1「たり」2「む」2「た」2

けるを、当時彼尚十五歳ながら門の戸主は学ぶに先ちて食ふべき急に迫られぬ。(金色・3・134上)

(43) ふきかへのたびにちひさくなり性もおひおひわるくなったを開花文明にしたがツて人もねんじ漸く次に怜悧になり

(安愚楽・153・下)

④ 類型Ⅱ－Ⅰ（連体形＋を＋述語省略）（総5例）

・「動詞＋を」（3例）

(44) 真面目に問ふを、いいゑ、と母親怪しき笑顔をして少し経てば癒りませう。(たけくらべ・15・95)

(45) 酒をたんと飲む人は往昔から長生をしねへと正札の附て有るを意地の穢ねへものさなあと内を外なる行状を顔にも出さず忠やかな其仕こなし女房ながら気の毒に思ふゑ自然なる愛想も親しき中の礼義なるべし折から (春雨・9・330下)

(46) ……と言ながら立に掛るを正庵が荒れた声にて (春雨・1・311下)

・「助動詞＋を」（2例）9)

(47) 宮は笑を含みて言はざるを、母は傍より、「……」

(金色・7・148上)

(48) 然れども貫一の屈託顔して絶えず思の非ぬ方に馳する気色なるを、「お前如何ぞ為なすつたか。うむ、元気が無いの、」

(金色・6・142下)

---

9) 詳しくは次の通りである。
「なり」1「ず」1

⑤ 類型Ⅲ(連体形＋を＋述語なし・「を」文末に位置)(総10例)

・「動詞+を」(2例)

(49) 何を憎んで其やうに無情そぶりは見せらるる、言ひたい事は此
方にあるを。余りなんとこみ上るほど思ひに迫れど

(たけくらべ・13・89)

・「形容詞+を」(1例)

(50) 吾が宮の如く美しきを。目あり心あるものの誰かは恋ひざら
ん。(金色・6・144下)

・「助動詞+を」(7例)[10]

(51) なかなか同じ処に居て飽かず顔を見るに易へて、其の楽は深か
るべきを。(金色・6・142下)
(52) 然も無かりし人の顔の色のにわかに光を失ひたるやうにて、振
舞など別けて力無く、笑ふさへいと打湿りたるを。

(金色・5・138上)

(53) 彼若疾く還りたらんには、恐く踏み留るは三分の一弱に過ぎざ
りけんを、と我物顔に富山は主と語り合へり。(金色・2・133上)

以上の内容をまとめると次のようである。

・類型Ⅰ(格助詞としての用法)の上接語：「動詞+を」47％、「形容
詞+を」11％、「形容動詞+を」1％、「助動詞」41％
・類型Ⅰ-Ⅰ(格助詞の過渡的用法)の上接語：「動詞+を」9％、「形
容詞+を」9％、「形容動詞+を」0％、「助動詞」82％

---

10) 詳しくは次の通りである。
「なり」1「たり」1「む」1「けむ」1「べし」2「ず」1

・類型Ⅱ(接続助詞としての用法)の接語 :「動詞+を」38%、「形容詞+を」10%、「形容動詞+を」0%、「助動詞」52%
・類型Ⅱ-Ⅰ(接続助詞の過渡的用法)の上接語 :「動詞+を」60%、「形容詞+を」0%、「形容動詞+を」0%、「助動詞」40%
・類型Ⅲ(間投助詞としての用法)の上接語 :「動詞+を」20%、「形容詞+を」10%、「形容動詞+を」0%、「助動詞」70%

これを「表」にまとめるとつぎのようである。(「表B」)

類型\上接語	Ⅰ(格)	Ⅰ-Ⅰ(格・過)	Ⅱ(接続)	Ⅱ-Ⅰ(接続・過)	Ⅲ(間投)	計
動詞	72(47)	1(9)	8(38)	3(60)	2(20)	86
形容詞	17(11)	1(9)	2(10)	0	1(10)	21
形容動詞	2(1)	0	0	0	0	2
助動詞	62(41)	9(82)	11(52)	2(40)	7(70)	91
計	153	11	21	5	10	200

「表B」近代における「連体形+を」の類型別上接語

「表B」によると次のような傾向のあることが分かる。

・類型Ⅰ(格助詞としての用法) の上接語 :「助動詞」と「動詞」が多い。
・類型Ⅰ-Ⅰ(格助詞の過渡的用法)の上接語 :「助動詞」が多い。
・類型Ⅱ(接続助詞としての用法)の上接語 :「助動詞」と「動詞」が多い。
・類型Ⅱ-Ⅰ(接続助詞の過渡的用法)の上接語 :「助動詞」と「動詞」が多い。
・類型Ⅲ(間投助詞としての用法)の上接語 :「助動詞」が多い。

　各類型に共通して多いのは「助動詞+を」で、格助詞としての用法と接続助詞としての用法と接続助詞の過渡的用法は上接語に「助動詞」と「動詞」が多い点で同じ傾向を示す。また、間投助詞の用法と格過助詞の渡期的用法は「助動詞」が多い点で同じ傾向を示す。

6-3-2 「助動詞+を」の上接語

　では、「助動詞+を」にはどんな種類があるかを調査、考察することにする。代表的な種類だけを整理し「表」にまとめると次のようである。11)（「表C」）

類型\助動詞	Ⅰ （格）	Ⅰ-Ⅰ （格・過）	Ⅱ （接続）	Ⅱ-Ⅰ （接続・過）	Ⅲ （間投）
き	11(18)	3(33)	2(18)	0	0
けり	1(2)	0	2(18)	0	0
た	6(10)	2(22)	2(18)	0	0

「表C」近代における「助動詞+を」の類型別主な上接語

　「表C」の主な上接語「き」「けり」「た」の出現頻度数によると次のような傾向が見られる。

　　・類型Ⅰ(格助詞としての用法)の上接語
　　　：「き」「た」「けり」の順に多い。
　　・類型Ⅰ-Ⅰ(格助詞の過渡的用法)の上接語
　　　：「き」「た」の順に多く、「けり」は現れない。
　　・類型Ⅱ(接続助詞としての用法)の上接語
　　　：「き」「た」「けり」の頻度数同一。

---

11) 詳しい数字は別紙「表10」

・類型Ⅱ-Ⅰ(接続助詞の過渡的用法)の上接語
　：「き」「けり」「た」は現れない。
・類型Ⅲ(間投助詞としての用法)の上接語
　：「き」「けり」「た」は現れない。

　近代に入ると「き+を」はあまり現れなくなるが、「けり+を」と
「た+を」は近世から引き続き現れている。

6-4 近世との比較

　ここでは近世の「連体形+を」と比較を通じその変化を考察したい。
先ず「連体形+を」の類型別出現頻度数を比較するが、それを「表」
にまとめると次のようである。(「表D」)

類型 時代	Ⅰ (格)	Ⅰ-Ⅰ (格・過)	Ⅱ (接続)	Ⅱ-Ⅰ (接続・過)	Ⅱ-Ⅱ (接続・過)	Ⅲ (間投)	計
近世	213(67)	56(17)	26(8)	18(6)	2(1)	4(1)	319
近代	153(77)	11(5)	21(10)	5(3)	0	10(5)	200

「表D」近世・近代における「連体形+を」の類型別出現頻度数

　「表D」によると近世から近代にかけて次のような変化の起ったこと
がわかる。

・増加：類型Ⅰ (格助詞としての用法)：67%→77%
　　　　類型Ⅱ (接続助詞としての用法)：8%→10%
　　　　類型Ⅲ (間投助詞としての用法)：1%→5%
・減少：類型Ⅰ-Ⅰ(格助詞の過渡的用法)：17%→5%
　　　　類型Ⅱ-Ⅰ(接続助詞の過渡的用法)：6%→3%

　　　　　　　類型Ⅱ-Ⅱ(接続助詞の過渡的用法)：1%→ 0%

　格助詞としての用法は10%の増加を見せ、接続助詞としての用法は4%、間投助詞としての用法は4%増加していることが分かる。しかし、格助詞の過渡的用法は12%・接続助詞の過渡的用法の類型Ⅱ-Ⅰは3%・類型Ⅱ-Ⅱは1%の減少率を示し、過渡的用法はすべて減少していることが分かる。

　では「連体形+を」の上接語の変化について調査、するが、調査の内容を「表」にまとめると次のようである。(「表E」)

類型	Ⅰ (格)		Ⅰ-Ⅰ (格・過)		Ⅱ (接続)		Ⅱ-Ⅰ (接続・過)		Ⅱ-Ⅱ (接続・過)		Ⅲ (間投)	
時代 上接語	近世	近代	近世	近代	近世	近代	近世	近代	近世	近代	近世	近代
動詞	63	47	40	9	31	38	61	60	100	0	0	20
形容詞	11	11	5	9	7	10	0	0	0	0	0	10
形容動詞	3	1	0	0	0	0	0	0	0	0	25	0
助動詞	23	41	55	82	62	52	39	40	0	0	75	70

　「表E」近世・近代における「連体形+を」の上接語（数字は%を表す）

　「表E」の上接語の中で主に「動詞」と「助動詞」の変化を中心にまとめると次のようである。[12]

　　　・「動詞+を」の増加
　　　　：類型Ⅱ(接続助詞としての用法)：31%→38%
　　　　　類型Ⅲ(間投助詞としての用法)：0%→20%

---

12) 類型Ⅱ-Ⅱの場合は用例としてただ「動詞+を」の2例しかなく統計には適さないので考察の対象として除いた。

・「動詞+を」の減少
　　：類型Ⅰ(格助詞としての用法)：63%→47%
　　　類型Ⅰ-Ⅰ(格助詞の過渡的用法)：40%→9%
　　　類型Ⅱ-Ⅰ(接続助詞の過渡的用法)：61%→60%
・「助動詞+を」の増加
　　：類型Ⅰ(格助詞としての用法)：23%→41%
　　　類型Ⅰ-Ⅰ(格助詞の過渡的用法)：55%→82%
　　　類型Ⅱ-Ⅰ(接続助詞の過渡的用法)：39%→40%
・「助動詞+を」の減少
　　：類型Ⅱ(接続助詞としての用法)：62%→52%
　　　類型Ⅲ(間投助詞としての用法)：75%→70%

　以上の傾向を示しているが全般的に「動詞+を」の増加率より「助動詞+を」の増加率が高いようである。

　では「助動詞+を」の様相を調査、考察する。詳しい内容は前に触れた通りであり、ここでは近世との比較のため代表的な助動詞として「き」「けり」「た」だけを取り上げ、「表」にまとめる。(「表F」)

類型 時代 助動詞	Ⅰ (格)		Ⅰ-Ⅰ (格・過)		Ⅱ (接続)		Ⅱ-Ⅰ (接続・過)		Ⅲ (間投)	
	近世	近代	近世	近代	近世	近代	近世	近代	近世	近代
き	29	18	35	33	31	18	57	0	0	0
けり	6	2	16	0	6	18	0	0	0	0
た	20	10	6	22	13	18	0	0	0	0

「表F」近世・近代における「助動詞+を」の主な上接語(数字は%を表す)

　「表F」によると次のような変化のあることが分かる。

・「き」の増加 : なし
・「けり」の増加 : 類型Ⅱ(接続助詞としての用法)
・「た」の増加 : 類型Ⅰ(格助詞の過渡的用法)
　　　　　　　　　類型Ⅱ(接続助詞としての用法)

　近代に入り、上接語として「き+を」は全類型において減少し、「け
り+を」も接続助詞としての用法だけで増加を見せる。「た+を」は格助
詞の過渡的用法と接続助詞としての用法で増加を見せるが、全般的に
増加率は下がっている。

6-5 まとめ

　以上述べた内容をまとめると次のようである。

　① 近代における「連体形+を」は類型Ⅰ・類型Ⅰ-Ⅰ・類型Ⅱ・類型
Ⅱ-Ⅰ・類型Ⅲの5種類に分けられ、それぞれ格助詞・格助詞の過渡
的・接続助詞・接続助詞の過渡的・間投助詞としての用法に分類され
る。
　② 各類型の出現頻度数は格助詞としての用法77%・格助詞の過渡的
用法5%・接続助詞としての用法10%・接続助詞の過渡的用法(類型Ⅱ-
Ⅰ)3%・間投助詞としての用法5%であり、格助詞としての用法が最も
多く、接続助詞としての用法とはあまり現れない。また、間投助詞と
しての用法はまれにしか現れない。過渡的用法は類型Ⅰ-Ⅰ・類型Ⅱ-
Ⅰともにほぼ現れなくなっている。これを近世と比べると次のような
変化のあることが分かる。
　　・類型Ⅰ(格助詞としての用法) : 10%増加
　　・類型Ⅰ-Ⅰ(格助詞の過渡的用法) : 12%減少

・類型Ⅱ(接続助詞としての用法)：2%増加

・類型Ⅱ-Ⅰ(接続助詞の過渡的用法)：3%減少

・類型Ⅱ-Ⅱ(接続助詞の過渡的用法)：1%減少

・類型Ⅲ(間投助詞としての用法)：4%増加

③「連体形+を」の各類型別主な上接語は次のようである。

・類型Ⅰ(格助詞としての用法)：「動詞」「助動詞」

・類型Ⅰ-Ⅰ(格助詞の過渡的用法)：「助動詞」・類型Ⅱ(接続助詞
としての用法)：「動詞」「助動詞」

・類型Ⅱ-Ⅰ(接続助詞の過渡的用法)：「助動詞」「動詞」

・類型Ⅲ(間投助詞としての用法)：「助動詞」

この傾向は近世と比較すると次のような変化が見られる。

・類型Ⅰ(格助詞としての用法)

：「動詞」16%減少「助動詞」18%増加

・類型Ⅰ-Ⅰ(格助詞の過渡的用法)

：「動詞」31%減少「助動詞」27%増加

・類型Ⅱ(接続助詞としての用法)

：「動詞」7%増加「助動詞」10%減少

・類型Ⅱ-Ⅰ(接続助詞の過渡的用法)

：「動詞」1%減少「助動詞」1%増加

・類型Ⅱ-Ⅱ(接続助詞の過渡的用法)：「動詞」100%減少13)

・類型Ⅲ(間投助詞としての用法)：「動詞」20%増加「助動詞」
5%減少

④「助動詞+を」の主な「助動詞」として「き」「けり」「た」を挙
げられるが、各類型の特徴は次のようである。

・類型Ⅰ(格助詞としての用法)：「き」が多い

---

13) 近世の類型Ⅱ-Ⅱの用例数は2例しかないので統計には適さないが、数字と
して挙げておく。

　　　・類型Ⅰ-Ⅰ(格助詞の過渡的用法)：「き」「た」が多い

　　　・類型Ⅱ(接続助詞としての用法)：「き」「けり」「た」同様

　　　・類型Ⅱ-Ⅰ(続助詞の過渡的用法)：すべて「き」

　　　・類型Ⅲ(間投助詞としての用法)：なし

　　これを近世と比較すると次のような変化がある。

　　　・類型Ⅰ(格助詞としての用法)：「き」11%減少「けり」4%減少

　　　「た」10%減少

　　　・類型Ⅰ-Ⅰ(格助詞の過渡的用法)

　　　　　：「き」2%減少「けり」16%減少「た」16%増加

　　　・類型Ⅱ(接続助詞としての用法)

　　　　　：「き」13%減少「けり」12%増加「た」5%増加

　　　・類型Ⅱ-Ⅰ(接続助詞の過渡的用法)

　　　　　：「き」57%増加「けり」・「た」変化な　し

　　　・類型Ⅲ(間投助詞としての用法)

　　　　　：「「き」・「けり」・「た」変化なし

　　近世と比べると近代に入り、「き」は類型Ⅱ-Ⅰ(接続助詞の過渡的用法)での増加を除くとすべての類型で減少している。「けり」は接続助詞としての用法では増加を見せるが、格助詞としての用法・格助詞の過渡的用法では減少している。類型Ⅱ-Ⅰ(接続助詞の過渡的用法)・間投助詞としての用法では変化はない。「た」は格助詞としての用法で減少・格助詞の過渡的用法で増加・類型Ⅱ-Ⅰ(接続助詞の過渡的用法)と間投助詞としての用法では変化はない。

第7章　上代から近代にかけての「連体形」変遷過程

第7章
上代から近代にかけての「連体形」変遷過程

　第2章から第6章まで各時代における「連体形+を」について調査、考察を行い、時代別特徴について述べた。第7章ではそれらの内容をまとめ上代から近代にかけての「連体形+を」の変遷過程について考察する。

7-1　類型別出現頻度数による変遷過程

　助詞「を」の用法の変遷過程を明らかにする前段階として第1節から5節にかけて次の三側面で調査、考察してきた。

　　　・上代から近代に至るまでの「連体形+を」の類型別分類・類型別出
　　　　現頻度数による傾向
　　　・上代から近代に至るまでの「連体形+を」上接語による傾向
　　　・上代から近代に至るまでの「連体形+を」の上接語の中で「助動詞
　　　　+を」による傾向。

　ここではそれらの時代別特徴と傾向を歴史的な観点からとらえ変化の過程をより明らかにしたいと思う。先ず第1節から5節にかけて考察した上代から近代に至るまでの「連体形+を」の類型別分類をまとめる。

① 類型Ⅰ（連体形＋を＋述語）

　文脈から考えて、対応する述語用言があり、目的語となっている連体形を承けていると考えられる。構文的特徴は「連体形＋を」とそれを承ける述語が近くに位置することであり、本研究では類型Ⅰと命名し、格助詞としての用法とする。時代別出現頻度数は次のようである。

- ・上代 ： 総用例数181例中28例（15％）
- ・中古 ： 総用例数324例中124例（38％）：上代より23％増加
- ・中世 ： 総用例数1086例中676例（63％）：中古より25％増加
- ・近世 ： 総用例数319例中213例（67％）：中世より4％増加
- ・近代 ： 総用例数200例中153例（77％）：近世より10％増加

　これによると格助詞としての用法は上代から近代にかけて62％も増加しているが、最も増加率の高い時期は中古と中世であり、近世では4％・近代では10％の低い増加率を見せている。発生は上代からである。

② 類型Ⅰ‐Ⅰ（連体形＋を＋従属節＋述語）

　「連体形＋を」と述語との間に従属節等が入り、「連体形＋を」が表す内容は目的語の行為・状態等であるが、従属節を取り除けば格助詞としての分類も可能である。しかし、長い従属節が挿入された場合は「……だが、」のように接続助詞としての用法に近い解釈も可能となる。この類型は「連体形＋を」と述語との間に挿入された従属節は時代が下がるにつれて長文から短い文へと変化し、結局、類型Ⅰの格助詞としての用法に吸収されていったことが推定できる。本研究では類型Ⅰ‐Ⅰと命名し、格助詞の過渡的用法とする。時代別出現頻度数は次の

ようである。

　　　・上代：総用例数181例中0例（0%）
　　　・中古：総用例数324例中51例（16%）：上代より16%増加
　　　・中世：総用例数1086例中86例（8%）：中古より8%減少
　　　・近世：総用例数319例中56例（17%）：中世より9%増加
　　　・近代：総用例数200例中11例（5%）：近世より12%減少

　これによると過渡的用法の類型Ⅰ-Ⅰは上代から近代にかけて5%増加しているが、最も増加率の高い時期は中古であり近世では9%の増加、中世と近代では減少している。発生は中古からである。

③ 類型Ⅱ（連体形+を+述語なし・「を」文中に位置）

　文脈から考えて「連体形+を」を承ける述語がなく、「連体形+を」は文中に位置し、前句と後句を接続する働きをする。本研究では類型Ⅱと命名し、接続助詞としての用法とする。時代別出現頻度数は次のようである。

　　　・上代：総用例数181例中107例（60%）
　　　・中古：総用例数324例中102例（31%）：上代より29%減少
　　　・中世：総用例数1086例中242例（22%）：中古より9%減少
　　　・近世：総用例数319例中26例（8%）：中世より14%減少
　　　・近代：総用例数200例中21例（10%）：近世より2%増加

　これによる接続助詞としての用法の類型Ⅱは上代から近代にかけて50%減少しているが、最も減少率の高い時期は中古であり近世では14%の減少、次が中世と近代では2%増加している。発生は上代からである。

④ 類型Ⅱ-Ⅰ(連体形+を+述語省略)

　構文上「連体形+を」を承ける述語は見当たらないが、述語が省略されているものとも考えられる。この類型は「連体形+を」を承ける述語がないという点では接続助詞と分類できるが、意味的観点から「連体形+を」の後に「見て」「聞きて」等の述語を補うことにより格助詞としての分類も可能となる。本研究ではこの類型を類型Ⅱ-Ⅰと命名し、接続助詞の過渡的用法とする。時代別出現頻度数は次のようである。

　　　・上代：総用例数181例中0例（0%）
　　　・中古：総用例数324例中19例（6%）：上代より6%増加
　　　・中世：総用例数1086例中45例（4%）：中古より2%減少
　　　・近世：総用例数319例中18例（6%）：中世より2%増加
　　　・近代：総用例数200例中5例（3%）：近世より3%減少

　これによると接続助詞の過渡的用法の類型Ⅱ-Ⅰは上代から近代にかけて3%増加しているが、時代による大きい変化はなく、小幅の増加と減少を繰り返している。発生は中古からである。

⑤ 類型Ⅱ-Ⅱ(連体形+を+指示代名詞+を+述語なし)

　「連体形+を」と述語との間に従属節等が入り、「連体形+を」が表す内容を再び「指示代名詞+を」で明示する。文中の述語は「指示代名詞+を」を承けるもので「連体形+を」を承けるものではない。しかし、「連体形+を」の表す内容と「指示代名詞+を」の表す内容は同一なものである。そのため述語は「連体形+を」と「指示代名詞+を」の、両方の目的格を承けるものとも考えられるので類型Ⅱ-Ⅱと命名し、接続助詞の過渡的用法とする。時代別出現頻度数は次のようである。

 ・上代 ： 総用例数181例中0例（0%）
 ・中古 ： 総用例数324例中0例（0%）
 ・中世 ： 総用例数1086例中27例（2%）： 中古より2%増加
 ・近世 ： 総用例数319例中2例（1%）： 中世より1%減少
 ・近代 ： 総用例数200例中0例（0%）： 近世より1%減少

 これによると接続助詞の過渡的用法の類型Ⅱ–Ⅱは近世・近代で若干の減少を見せるが用例数は非常に少ない。発生は中世からである。

⑥ 類型Ⅲ（連体形+を+述語なし・「を」文末に位置）

 「連体形+を」を承ける述語がなく、助詞「を」は文末に位置する。この類型は強い詠嘆の気持を表すところに特徴があり、本研究では類型Ⅲと命名し、間投助詞としての用法とする。時代別出現頻度数は次のようである。

 ・上代 ： 総用例数181例中46例（25%）
 ・中古 ： 総用例数324例中28例（9%）： 上代より6%増加
 ・中世 ： 総用例数1086例中10例（1%）： 中古より2%減少
 ・近世 ： 総用例数319例中4例（1%）： 中世より2%増加
 ・近代 ： 総用例数200例中10例（5%）： 近世より3%減少

 これによると間投助詞としての用法である類型Ⅲは上代から近代にかけて20%減少しているが、時代による大きい変化はなく、小幅の増加と減少を繰り返している。発生は上代からである。
 以上述べた内容を「表」にまとめる。（「表A」）

時代＼類型	I （格）	I-I （格・過）	II （接続）	II-I （接続・過）	II-II （接続・過）	III （間投）	計
上代	28(15)	0	107(60)	0	0	46(25)	181
中古	124(38)	51(16)	102(31)	19(6)	0	28(9)	324
中世	676(63)	86(8)	242(22)	45(4)	27(2)	10(1)	1086
近世	213(67)	56(17)	26(8)	18(6)	2(1)	4(1)	319
近代	153(77)	11(5)	21(10)	5(3)	0	10(5)	200

「表A」上代から近代にかけての「連体形+を」の類型別出現頻度数

7-2 上接語による変遷過程

　第1章から5章にかけて考察した上代から近代に至るまでの「連体形+を」の上接語と「助動詞+を」による傾向について歴史的な観点からまとめる。

7-2-1 「連体形+を」の上接語の変化

　ここでは「連体形+を」の上接語による変遷過程を考察することにする。

① 類型 I（連体形+を+述語）

類型 I の上接語を時代別にまとめると次のようである。

　　　・上代：総28例中「動詞」11例(39%)「形容詞」3例(11%)
　　　　　　　「助動詞」14例(50%)
　　　・中古：総124例中「動詞」47例(38%)「形容詞」10例(8%)
　　　　　　　「助動詞」66例(53%)
　　　　　　　「形容動詞」1例(1%)

・中世 : 総676例中「動詞」219例(33%)「形容詞」50例(7%)
　　　　「助動詞」399例(59%)
・近世 : 総213例中「動詞」135例(63%)「形容詞」22例(11%)
　　　　「助動詞」49例(23%)
　　　　「形容動詞」7例(3%)
・近代 : 総153例中「動詞」72例(47%)「形容詞」17例(11%)
　　　　「助動詞」62例(41%)

これによると次のようなことが分かる。

・「動詞+を」は上代・中古・中世では30%代で小幅に減少している
　が、近世に至り30%も大幅に増加する。しかし、近代ではむしろ
　16%減少する。
・「形容詞+を」は各時代において10%ぐらいであまり変化が見られ
　ない。
・「助動詞+を」は上代・中古・中世では50%ぐらいであるが、近世
　では23%と大幅減少し、近代になると41%にまた増加する。
・「形容動詞+を」は中古と近世でだけ現れ、出現頻度数も非常に低
　い。

② 類型Ⅰ－Ⅰ(連体形+を+従属節+述語)
類型Ⅰ－Ⅰの上接語を時代別にまとめると次のようである。

・上代 : なし
・中古 : 総51例中「動詞」10例(20%)「形容詞」3例(6%)
　　　　「助動詞」37例(72%)「形容動詞」1例(2%)
・中世 : 総86例中「動詞」27例(32%)「形容詞」2例(2%)
　　　　「助動詞」56例(65%)「形容動詞」1例(1%)
・近世 : 総56例中「動詞」22例(39%)「形容詞」3例(5%)
　　　　「助動詞」31例(55%)「形容動詞」0例

・近代：総11例中「動詞」1例(9%)「形容詞」1例(9%)
　　　　「助動詞」9例(82%)「形容動詞」0例

これによると次のようなことが分かる。

・「動詞+を」は中古・中世・近世にかけて徐々に増加するが、近代
　にはいり大幅減少する。
・「形容詞+を」は各時代において10%未満であまり変化が見られな
　い。
・「助動詞+を」は中古の72%から中世・近世にかけて徐々に減少す
　るが、近代にはいり大幅増加する。
・「形容動詞+を」は中古と中世で1例だけ現れ、出現頻度数も非常
　に低い。

③ 類型Ⅱ(連体形+を+述語なし・「を」文中に位置)
類型Ⅱの上接語を時代別にまとめると次のようである。

・上代：総107例中「動詞」12例(11%)「形容詞」10例(10%)
　　　　「助動詞」85例(79%)「形容動詞」0例(0%)
・中古：総102例中「動詞」17例(17%)「形容詞」6例(6%)
　　　　「助動詞」78例(76%)「形容動詞」1例(1%)
・中世：総242例中「動詞」48例(21%)「形容詞」8例(3%)
　　　　「助動詞」185例(76%)「形容動詞」1例(0%)
・近世：総26例中「動詞」8例(31%)「形容詞」2例(7%)
　　　　「助動詞」16例(62%)「形容動詞」0例(0%)
・近代：総21例中「動詞」8例(38%)「形容詞」2例(10%)
　　　　「助動詞」11例(52%)「形容動詞」0例(0%)

これによると次のようなことが分かる。

・「動詞+を」は上代の11%を始めとし、中古・中世・近世・近代に
かけ徐々に増加し近代では38%にのぼる。
・「形容詞+を」は各時代において10%未満で大きい変化は見られな
い。
・「助動詞+を」は上代の79%から徐々に減少し近代では52%とな
る。
・「形容動詞+を」は中古と中世で1例だけ現れ、出現頻度数は非常
に低い。

④ 類型Ⅱ-Ⅰ（連体形+を+述語省略）

類型Ⅱ-Ⅰの上接語を時代別にまとめると次のようである。

・上代 ： なし
・中古 ： 総19例中「動詞」7例(37%)「形容詞」0例(0%)
　　　　　　「助動詞」12例(63%)「形容動詞」0例(0%)
・中世 ： 総45例中「動詞」5例(11%)「形容詞」0例(0%)
　　　　　　「助動詞」399例(87%)「形容動詞」0例(0%)
・近世 ： 総18例中「動詞」11例(61%)「形容詞」0例(0%)
　　　　　　「助動詞」7例(39%)「形容動詞」7例(3%)
・近代 ： 総5例中「動詞」3例(60%)「形容詞」0例(0%)
　　　　　　「助動詞」2例(40%)「形容動詞」0例(0%)

これによると次のようなことが分かる。

・「動詞+を」は中古から中世にかけて減少するが、近世に入り大幅
増加し近代に至る。
・「形容詞+を」は各時代において0%で全然出現しない。
・「助動詞+を」は中古から中世にかけて増加するが、近世に入り大
幅減少し近代に至る。
・「形容動詞+を」は近世で3%現れるだけである。

⑤ 類型Ⅱ-Ⅱ(連体形+を+指示代名詞+を+述語なし)

類型Ⅱ-Ⅱの上接語を時代別にまとめると次のようである。

- ・上代 : なし
- ・中古 : なし
- ・中世 : 総27例中「動詞」2例(7%)「形容詞」0例(0%)
　　　　　　「助動詞」25例(93%)「形容 動詞」0例(0%)
- ・近世 : 総2例中「動詞」2例(100%)「形容詞」0例(0%)
　　　　　　「助動詞」0例(0%)「形容動詞」0例(0%)
- ・近代 : なし

　類型Ⅱ-Ⅱは中世と近世でだけ現れ、しかも近世での出現頻度数は2例しかないため統計には適さないが、中世ではほぼ「助動詞+を」であったが近世には「動詞+を」に変化したことが云える。

⑥ 類型Ⅲ(連体形+を+述語なし・「を」文末に位置)

類型Ⅲの上接語を時代別にまとめると次のようである。

- ・上代 : 総46例中「動詞」1例(2%)「形容詞」2例(4%)
　　　　　　「助動詞」43例(94%)「形容動詞」0例(0%)
- ・中古 : 総29例中「動詞」1例(4%)「形容詞」0例(0%)
　　　　　　「助動詞」28例(96%)「形容動詞」0例(0%)
- ・中世 : 総10例中「動詞」2例(20%)「形容詞」1例(10%)
　　　　　　「助動詞」7例(70%)「形容動詞」0例(0%)
- ・近世 : 総4例中「動詞」0例(0%)「形容詞」0例(0%)
　　　　　　「助動詞」3例(75%)「形容動詞」1例(25%)
- ・近代 : 総10例中「動詞」2例(20%)「形容詞」1例(10%)
　　　　　　「助動詞」7例(70%)「形容動詞」0(0%)

これによると次のようなことが分かる。

- ・「動詞+を」は中世と近代で20%に増加するが、他の時代での出現頻度数が非常に低い。
- ・「形容詞+を」は各時代において10%未満で大きい変化は見られない。
- ・「助動詞+を」は中世に入り減少し近代に至る。
- ・「形容動詞+を」は近世で1例だけ現れる。

以上述べた内容の中で重要な上接語として「動詞」と「助動詞」だけを取りだし「表」にまとめる。(「表B」)

類型	時代\上接語	上代	中古	中世	近世	近代	計
I （格）	動詞	11(39)	47(38)	219(33)	135(63)	72(47)	484
	助動詞	14(50)	66(53)	399(59)	49(23)	62(41)	590
I‐I （格・過）	動詞	0	10(20)	27(32)	22(39)	1(9)	60
	助動詞	0	37(72)	56(65)	31(55)	9(82)	133
II （接続）	動詞	12(11)	17(17)	48(21)	8(31)	8(38)	93
	助動詞	85(79)	78(76)	185(76)	16(62)	11(52)	375
II‐I （接続・過）	動詞	0	7(37)	5(11)	11(61)	3(60)	26
	助動詞	0	12(63)	399(87)	7(39)	2(40)	420
II‐II （接続・過）	動詞	0	0	2(7)	2(100)	0	4
	助動詞	0	0	25(93)	0	0	25
III （間投）	動詞	1(2)	1(4)	2(20)	0	2(20)	6
	助動詞	43(94)	28(96)	7(70)	3(75)	7(70)	88
計		166	303	1374	284	177	2304

「表B」上代から近代にかけての「連体形+を」の上接語
（「動詞+を」と「助動詞+を」）

7-2-2 「助動詞+を」の変化

　ここでは「助動詞+を」の上接語による変遷過程を考察することにする。上接語の「助動詞」としては「き」「けり」「たり」等多数存在するが、詳しい内容は第1章から5章で触れているのでここでは重要な上接語として「き」「けり」「た」だけを取り上げ、時代的変化を考察することにする。

① 類型Ⅰ（連体形+を+述語）
　類型Ⅰの「助動詞+を」の主な上接語を時代別にまとめると次のようである。

- 上代 : 総5例中「き」5例(100%)「けり」0例(0%)「た」0例(0%)
- 中古 : 総66例中「き」5例(8%)「けり」32例(48%)「た」0例(0%)
- 中世 : 総399例中「き」89例(22%)「けり」71例(18%)
　　　　　「た」51例(13%)
- 近世 : 総49例中「き」14例(29%)「けり」3例(6%)
　　　　　「た」10例(20%)
- 近代 : 総62例中「き」11例(18%)「けり」1例(2%)
　　　　　「た」6例(10%)

これによると次のようなことが分かる。

- 「き+を」は上代から中古にかけて大幅減少するが、中古・中世では20%ぐらいとなる。近代でも20%近くとなっている。
- 「けり+を」は上代から中古にかけて一時的に大幅増加するが、中世から近代に至るまで減少する。
- 「た+を」は中世から出現し、近世で若干増加するが、近代でまた減少する。

② 類型Ⅰ-Ⅰ(連体形+を+従属節+述語)

類型Ⅰ-Ⅰの「助動詞+を」の主な上接語を時代別にまとめると次のようである。

- ・上代 : なし
- ・中古 : 総37例中「き」1例(3%)「けり」22例(59%)「た」0例(0%)
- ・中世 : 総56例中「き」20例(36%)「けり」9例(16%)
　　　　　「た」13例(23%)
- ・近世 : 総31例中「き」11例(35%)「けり」5例(16%)
　　　　　「た」2例(6%)
- ・近代 : 総9例中「き」3例(33%)「けり」0例(0%)「た」2例(22%)

これによると次のようなことが分かる。

- ・「き+を」は中古から中世にかけて大幅増加し、近代に至る。
- ・「けり+を」は中古から中世にかけて大幅減少し、近代に至る。
- ・「た+を」は中世から出現し、近世で若干減少するが、中世と近代
　　では増加する。

③ 類型Ⅱ(連体形+を+述語なし・「を」文中に位置)

類型Ⅱの「助動詞+を」の主な上接語を時代別にまとめると次のようである。

- ・上代 : 総17例中「き」16例(94%)「けり」1例(6%)「た」0例(0%)
- ・中古 : 総78例中「き」15例(19%)「けり」35例(46%)
　　　　　「た」0例(0%)
- ・中世 : 総185例中「き」93例(50%)「けり」27例(15%)
　　　　　「た」9例(5%)
- ・近世 : 総16例中「き」5例(31%)「けり」1例(6%)「た」2例(13%)

・近代：総11例中「き」2例(18%)「けり」2例(18%)
　　　　「た」2例(18%)

これによると次のようなことが分かる。

・「き+を」は上代から中古にかけて大幅減少するが、中世で若干増
　加し近世・近代では減少する。
・「けり+を」は上代から中古に大幅増加するが、中世・近世では減
　少し、近代で再び増加する。
・「た+を」は中世から出現し近代に至るまで徐々に増加する。

④ 類型Ⅱ-Ⅰ（連体形+を+述語省略）
　類型Ⅱ-Ⅰの「助動詞+を」の主な上接語を時代別にまとめると次の
ようである。

・上代：なし
・中古：総12例中「き」0例(0%)「けり」10例(84%)「た」0例(0%)
・中世：総39例中「き」8例(20%)「けり」17例(44%)
　　　　「た」9例(23%)
・近世：総7例中「き」4例(57%)「けり」0例(0%)「た」0例(0%)
・近代：総2例中「き」0例(0%)「けり」0例(0%)「た」0例(0%)

これによると次のようなことが分かる。

・「き+を」は中古から中世・近世にかけて増加するが、近代に至り
　減少し出現頻度数0になる。
・「けり+を」は中古から中世・近世にかけて大幅減少し、近代では
　出現頻度数0になる。
・「た+を」は中世で出現するだけである。

⑤ 類型Ⅱ－Ⅱ（連体形＋を＋指示代名詞＋を＋述語なし）

類型Ⅱ－Ⅱの「助動詞＋を」の主な上接語を時代別にまとめると次のようである。

　　　　・上代：なし
　　　　・中古：なし
　　　　・中世：総25例中「き」0例(0%)「けり」0例(0%)
　　　　　　　　「た」25例(100%)
　　　　・近世：「き」0例「けり」0例「た」0例
　　　　・近代：なし

これによると次のようなことが分かる。

　　　　・「き+を」は全時代にかけて出現頻度数0である。
　　　　・「けり+を」は出現頻度数0である。
　　　　・「た+を」は中世でだけ出現し、出現頻度数は100%である。

⑥ 類型Ⅲ（連体形＋を＋述語なし・「を」文末に位置）

類型Ⅲの「助動詞+を」の主な上接語を時代別にまとめると次のようである。

　　　　・上代：総3例中「き」3例(100%)「けり」0例(0%)「た」0例(0%)
　　　　・中古：総28例中「き」6例(21%)「けり」2例(7%)「た」0例(0%)
　　　　・中世：総7例中「き」3例(43%)「けり」0例(0%)「た」0例(0%)
　　　　・近世：総3例中「き」0例(0％)「けり」0例(0%)「た」0例(0%)
　　　　・近代：総7例中「き」0例(0％)「けり」0例(0%)「た」0例(0%)

これによると次のようなことが分かる。

・「き+を」は中古から中世にかけての増加を除き他の時代では減少
し、近世・近代には出現頻度数0となる。
・「けり+を」は中古で2例現れるだけで他の時代の出現頻度数0であ
る。
・「た+を」は全時代にかけて出現頻度数0である。

以上述べた内容を「表」にまとめる。(「表C」)

類型	時代 上接語	上代	中古	中世	近世	近代	計
I (格)	き	5(100)	5(8)	89(22)	14(29)	11(18)	124
	けり	0	32(48)	71(18)	3(6)	1(2)	107
	た	0	0	51(13)	10(20)	6(10)	67
I-I (格・過)	き		1(3)	20(36)	11(35)	3(33)	35
	けり	0	22(59)	9(16)	5(16)	0	36
	た		0	13(23)	2(6)	2(22)	17
II (接続)	き	16(94)	15(19)	93(50)	5(31)	2(18)	131
	けり	1(6)	35(46)	27(15)	1(6)	2(18)	66
	た	0	0	9(5)	2(13)	2(18)	13
II-I (接続・過)	き		0	8(20)	4(57)	0	12
	けり	0	10(84)	17(44)	0	0	27
	た		0	9(23)	0	0	9
II-II (接続・過)	き			0	0		0
	けり	0	0	0	0	0	0
	た			25(100)	0		25
III (間投)	き	3(100)	6(21)	3(43)	0	0	12
	けり	0	2(7)	0	0	0	2
	た	0	0	0	0	0	0
計		25	128	444	57	29	683

「表C」上代から近代にかけての「助動詞+を」の主な上接語
(「き」「けり」「た」)

7-3 まとめ

今まで述べた内容をまとめると次のようである。

I 類型 I（格助詞としての用法）

① 上代から発生し、上代から近代にかけて62％も増加しているが、最も増加率の高い時期は中古の23％と中世の25％であり、近世では4％・近代では10％の低い増加率を見せている。

② 「連体形+を」の 主な上接語の変化は次のようである。

- 「動詞+を」は上代・中古・中世では30％代で小幅に減少しているが、近世に至り30％も大幅に増加する。しかし、近代ではむしろ16％減少する。

- 「助動詞+を」は上代・中古・中世では50％ぐらいであるが、近世では23％と大幅減少し、近代になると41％にまた増加する。

③ 「助動詞+を」の主な上接語の変化は次のようである。

- 「き+を」は上代から中古にかけて大幅減少するが、中世・近世・近代では20％ぐらいとなる

- 「けり+を」は上代から中古にかけて一時的に大幅増加するが、中世から近代に至るまで減少する。

- 「た+を」は中世から出現し、近世で若干増加するが、近代でまた減少する。

II 類型 I－I（格助詞の過渡的用法）

① 中古から発生し、上代から近代にかけて5％増加しているが、最も増加率の高い時期は中古の16％であり近世では9％の増加、中世と近代では減少するが、近世から介入した従属節が短くなり、格助詞とし

ての用法に近づいている。

　②「連体形+を」の　主な上接語の変化は次のようである。

　　　・「動詞+を」は中古・中世・近世にかけて徐々に増加するが、近代にはいり大幅減少する。

　　　・「助動詞+を」は中古の72%から中世・近世にかけて徐々に減少するが、近代にはいり大幅増加する。

　③「助動詞+を」の　主な上接語の変化は次のようである。

　　　・「き+を」は中古から中世にかけて大幅増加し、近代に至る。

　　　・「けり+を」は中古から中世にかけて大幅減少し、近代に至る。

　　　・「た+を」は中世から出現し、近世で若干減少するが、中世と近代では増加する。

Ⅲ　類型Ⅱ(接続助詞としての用法)

　①　上代から発生し、上代から近代にかけて50%も減少しているが、最も減少率の高い時期は中古の29%と近世では14%の減少次が中世9%で近代では2%の増加している。

　②「連体形+を」の　主な上接語の変化は次のようである。

　　　・「動詞+を」は上代の11%を始めとし、中古・中世・近世・近代にかけ徐々に増加し近代では38%にのぼる。

　　　・「助動詞+を」は上代の79%から徐々に減少し近代では52%となる。

　③「助動詞+を」の主な上接語の変化は次のようである。

　　　・「き+を」は上代から中古にかけて大幅減少するが、中世で若干増加し近世・近代では減少する。

　　　・「けり+を」は上代から中古に大幅増加するが、中世・近世では減少し、近代で再び増加する。

・「た+を」は中世から出現し近代に至るまで徐々に増加する。

IV 類型II-I (接続助詞の過渡的用法)

① 中古から発生し、上代から近代にかけて3%増加しているが、時代による大きい変化はなく、小幅の増加と減少を繰り返している。

② 「連体形+を」の主な上接語の変化は次のようである。

・「動詞+を」は中古から中世にかけて減少するが、近世に入り大幅増加し近代に至る。

・「助動詞+を」は中古から中世にかけて増加するが、近世に入り大幅減少し近代に至る。

・「形容動詞+を」は近世で3%現れるだけである。

③ 「助動詞+を」の 主な上接語の変化は次のようである。

・「き+を」は中古から中世・近世にかけて増加するが、近代に至り減少し出現頻度数0になる。

・「けり+を」は中古から中世・近世にかけて大幅減少し、近代では出現頻度数0になる。

・「た+を」は中世で出現するだけである。

V 類型II-II (接続助詞の過渡的用法)

① 中世から発生し、近世で若干の減少を見せるが用例数が非常に少なく、中世と近世でだけ現れる。

② 「連体形+を」の主な上接語の変化は次のようである。中世と近世でだけ現れ、しかも近世での出現頻度数は2例しかないため統計には適さないが、中世ではほぼ「助動詞+を」であったが近世には「動詞+を」に変化したことが云える。

③「助動詞＋を」の 主な上接語の変化は次のようである。

　・「き＋を」は全時代にかけて出現頻度数0である。

　・「けり＋を」は出現頻度数0である。

　・「た＋を」は中世でだけ出現し、出現頻度数は100％である。

VI 類型Ⅲ(間投助詞としての用法)

① 上代から発生し、中古で大幅に減少するが、出現頻度率は低くなる。

②「連体形＋を」の 主な上接語の変化は次のようである。

　・「動詞＋を」は中世と近代で20％に増加するが、他の時代での出現頻度数が非常に低い。

　・「助動詞＋を」は中世に入り若干減少し近代に至る。

③「助動詞＋を」の 主な上接語の変化は次のようである。

　・「き＋を」は中古から中世にかけての増加を除き他の時代では減少し、近世・近代には出現頻度数0となる。

　・「けり＋を」は中古で2例現れるだけで他の時代の出現頻度数0である。

　・「た＋を」は全時代にかけて出現頻度数0である。

第8章 結論

第8章 結論

　本研究は、上代から近代に到るまでの助詞「を」の用法の変遷過程を明らかにすることを試みたものである。研究に際し、次のように「連体形+を」の新しい分類基準を提案した。

・類型Ⅰ(連体形+を+述語)
　文構造から考えて、対応する述語用言があり、目的語となっている連体形を承けていると考えられる。構文的特徴は「連体形+を」とそれを承ける述語が近くに位置することであり、本研究では類型Ⅰと命名し、格助詞としての用法とする。

・類型Ⅰ-Ⅰ(連体形+従属節+述語)
　「連体形+を」と述語との間に従属節等が入り、「連体形+を」が表す内容は目的語の行為・状態等であるが、従属節を取り除けば格助詞としての分類も可能である。しかし、長い従属節が挿入された場合は「......だが、」のように接続助詞の用法としての解釈も可能となる。この類型は「連体形+を」と述語との間に挿入された従属節は時代が下るにつれて長文から短い文へと変化し、結局、類型Ⅰの格助詞としての用法に吸収されていったことが推定できる。本研究では類型Ⅰ-Ⅰと命名し、格助詞の過渡的用法とする。

・類型Ⅱ(連体形+を+述語なし・「を」文中に位置)

　文構造から考えて「連体形+を」を承ける述語がなく、「連体形+を」は文中に位置し、前句と後句を接続する働きをする。本研究では類型Ⅱと命名し、接続助詞としての用法とする。

・類型Ⅱ-Ⅰ(連体形+述語省略)

　構文上「連体形+を」を承ける述語は見当たらないが、述語が省略されているものとも考えられる。この類型は「連体形+を」を承ける述語がないという点では接続助詞と分類できるが、意味的観点から「連体形+を」の後に「見て」「聞きて」等の述語を補うことにより格助詞としての分類も可能となる。本研究ではこの類型を類型Ⅱ-Ⅰと命名し、接続助詞の過渡的用法とする。

・類型Ⅱ-Ⅱ(連体形+を+指示代名詞+を+述語なし)

　「連体形+を」と述語との間に従属節等が入り、「連体形+を」が表す内容を再び「指示代名詞+を」で明示する。文中の述語は「指示代名詞+を」を承けるもので「連体形+を」を承けるものではない。しかし、「連体形+を」の表す内容と「指示代名詞+を」の表す内容は同一なものである。そのため、述語は「連体形+を」と「指示代名詞+を」の、両方の目的格を承けるものとも考えられるので類型Ⅱ-Ⅱと命名し、接続助詞の過渡的用法とする。

・類型Ⅲ(連体形+を+述語なし・「を」文末に位置)

　「連体形+を」を承ける述語がなく、助詞「を」は文末に位置する。この類型は強い詠嘆の気持を表すところに特徴があり、本研究では類型Ⅲと命名し、間投助詞としての用法とする。

　以上の分類基準に従い、次のような方法で調査し、考察を行った。

　Ⅰ 時代を上代、中古、中世、近世、近代に分け各時代の資料に現れた「連体形+を」を取出し 類型別分類を行う。そして、各類型別出現頻度数を調査し、各類型の時代的特徴について考察を行う。
　Ⅱ 各類型の上接語の傾向について調査する。上接語には「連体形+を」と「助動詞+を」に 分け、各々の種類と頻度数を調査、考察する。
　Ⅲ ⅠからⅡまで調査、考察した内容をその次の時代の場合と比較し、変化の様相を調 べ、最後のまとめとして上代から近代にかけての通時的考察を行う。

　調査、考察した結果、次の点が明らかになった。

① 類型Ⅰ(連体形+を+述語)・格助詞としての用法
　・上代から発生し近代に到るまで減少することなく増加するが、増加率の最も高い時期は中古と中世である。
　・「連体形+を」の主な上接語の中で「動詞+を」は近世で大幅に増加するが、「助動詞+を」は近世で大幅に減少する。
　・「助動詞+を」の主な上接語の中で「き+を」は中古で大幅に減少し、「けり+を」は中古で大幅に増加する。「た+を」は中世から出現するが出現頻度は低い。

② 類型Ⅰ-Ⅰ(連体形+を+従属節+述語)・格助詞の過渡的用法
　・中古から発生し近代に到るまで若干の減少と増加を繰り返す。
　・「連体形+を」の主な上接語の中で「動詞+を」の出現頻度は全時代にかけて低い方であるが、「助動詞+を」は全時代にかけて

高い。

・「助動詞+を」の主な上接語の中で「き+を」は中古で大幅に減少し、「けり+を」は中古で大幅に増加する。「た+を」は中世から出現するが出現頻度は低い。

③ 類型Ⅱ（連体形+を+述語なし・「を」文中に位置）・接続助詞としての用法

・上代から発生し近代に到るまで減少するが、減少率の最も高い時期は中古である。

・「連体形+を」の主な上接語の中で「動詞+を」は上代から近代にかけて徐々に増加するが、「助動詞+を」は徐々に減少する。

・「助動詞+を」の主な上接語の中で「き+を」は中古で大幅に減少し、「けり+を」は中古で大幅に増加する。「た+を」は中世から出現するが出現頻度は低い。

④ 類型Ⅱ-Ⅰ（連体形+を+述語省略）・接続助詞の過渡的用法

・中古から発生し近代に到るまで若干の減少と増加を繰り返す。

・「連体形+を」の主な上接語の中で「動詞+を」は近世で大幅に増加するが、「助動詞+を」は近世で大幅に減少する。

・「助動詞+を」の主な上接語の中で「き+を」は中世と近世で現れ、「けり+を」は中古と中世で現れる。「た+を」は中世で現れるだけである。

⑤ 類型Ⅱ-Ⅱ（連体形+を+指示代名詞+を+述語なし）・接続助詞の過渡的用法

・中世と近世で現れるだけで、出現頻度も非常に低い。

・「連体形+を」の主な上接語の中で「動詞+を」は近世で多く、

　　「助動詞+を」は中世で多い。
　　・「助動詞+を」の主な上接語の中で中世で「た+を」だけが出現
　　　する。

⑥　類型Ⅲ(連体形+を+述語なし・「を」文末に位置)・間投助詞とし
ての用法
　　・上代で発生。　中古で減少し近代に到るまで出現頻度率は低
　　　い。
　　・「連体形+を」の主な上接語の中で「動詞+を」は中世と近代を
　　　除くと出現頻度は非常に低く、「助動詞+を」は全ての時代にか
　　　けて出現頻度は非常に高い。
　　　「助動詞+を」の主な上接語の中で「き+を」は中古で大幅に減
　　　少し中世で増加した後出現しなくなる。「けり+を」は中古で若
　　　干現れるだけであり、「た+を」は全時代にかけて出現しない。

　以上、各時代における連体形に付く助詞「を」の用法を類型別に検
討し、その用法の推移をみてきた。その結果、各時代における「連体
形+を」の各類型の大概の傾向は捉えることができたが、助詞「を」の
変遷に関わる原因の究明するまでは至らなかった。これは各類型にみ
られる過渡的用法をどのように解釈していくかと関わる問題でもあ
り、過渡的用法の推移についての研究はこれから残された課題であろ
う。また、本研究では助詞「を」の用法全般に関する変遷過程に焦点
を合わせたため、「連体形+を」だけを取り上げ調査、考察した。しか
し、助詞「を」には「体言+を」もあり、この類型は上代の助詞「を」
の研究において様々な論争もあり、特に接続助詞としての用法とは密
接な関わりを持つもので、今後それらを中心とした研究に取組んでい
きたい。

参考文献

足羽俊一(1960)「接続助詞『を』の情意性について」『国語国文学研究論文集』
　　　5集

岩下武彦(1976)「万葉集における助詞「を」の用法と表記」『国文学研究資料館
　　　紀要』第2号

石垣謙二(1995)『助詞の歴史的研究』岩波書店

氏家洋子(1992)「ノデス文の成立とその背景-日本語史との対話-」『辻村敏樹
　　　教授古稀記念日本語史の諸問題』明治書院

鎌田良二(1971)「中古文における助詞『を』について-その解釈をめぐって-」
　　　『甲南女子大学研究記要』第8

鎌田良二(1979)「助詞『を』について」『田邊博士古稀記念国語助詞助動詞　論
　　　叢』桜楓社

京極興一(1987)「接続助詞『に』『を』『が』の成立と展開」『国文法講座．3』
　　　明治書院

桑山俊彦(1992)「近代初期咄本における格助詞『を』について」『辻村敏樹教授
　　　古稀記念日本語史の諸問題』明治書院

国立国語研究所(1982)「現代語の助詞・助動詞-用法と実例-」季英出版

近藤泰弘(1980)「助詞『を』の分類-上代-」『国語と国文学』57

＿＿＿＿(1986)「接続助詞『を』の発生時期について」『松村明教授古稀記念
　　　国語研究論叢』明治書院

＿＿＿＿(2003)『日本語記述文法の理論』ひつじ研究叢書

此島正年(1966)『国語助詞の研究-助詞史の素描-』桜楓社

＿＿＿＿(1967)『国語助詞の研究』桜楓社

佐伯梅友(1950)『奈良時代の国語』三省党

佐藤武義(1965)「今昔物語集における『活用語+を』について」『国語学研究』5

塚原鉄雄(1958)「接続助詞」『国文学解釈と鑑賞』

時枝誠記(1983)『国語学原論』岩波書店

_____(1987)『日本文法文語篇』岩波書店

西宮一氏(1978)「源氏物語における助詞『を』について-桐壷巻を主にして-」『源氏物語探究』風間書店

_____(1981)『日本国語大辞典』 小学館

信太知子(1970)「断定の助動詞の活用語承接について-連体形準体法の消滅を背て」『国文学』82集

林　大(1955)『万葉集大成6 言語編』平凡社版

橋本進吉(1983)『助詞・助動詞研究』岩波書店

原口　裕(1971)「『ノデ』の定着」『静岡女子大学研究紀要』4

朴栄淑(1990)「中世における『活用語+を』について」『文芸研究』第125集

_____(1991)「源氏物語에 있어서의「連体形+を」에 대하여」- 桐壷巻를 중심으로『日語日文学研究』第21輯韓国日語日文学会

_____(1993)「日本中古時代의 助詞『を』에 관한一考 - 格用法과 接続用法을 中心으로-」『日語日文学研究』第23輯 韓国日語日文学学会

_____(1994)「근세 일본어 조사『を』에 관한 考察 - 中世와의 比교를 中心으로-」『어학논총』第3集 釜山工業大学 語学研究所

_____(1996.a)「近代における『連体形+を』について-『連体形+形式名詞+を』との比較を中心として-」『日本語文学』第2輯日本語文学会

_____(1996.b)「日本近世思想集に現れる『連体形+を』について」『日本語文学』第2輯 日本語文学会

_____(1998)「伊勢物語における『連体形+を』について-分類とその傾向を中心に-」『日本語文学』第 6輯 日本語文学会

_____(2000.a)「『連体形+を』について-近世から近代にかけて-」『日本語文学』第10輯 日本語文学会

_____(2000.b)「万葉集における助詞『を』について-上接語による分類とその傾向-」『日本語文学』第12

松尾捨治郎(1970)『国語法論巧』桜楓社

松尾　洽 (1938)「平安初期に於ける格助詞『を』」『国語国文学』第15集

松村明編(1970)『古典語 現代語 助詞 助動詞 詳説』学灯社

山口明穂(1981)「江戸時代に於ける助詞『を』の意識」『国語と国文学』58

山口尭二(1977)「助詞『を』の接続表現-成立と万葉における表現性」『国語国文』46 巻5号

_____(1978)「『を』の接続表現の諸相」『語文』34

＿＿＿＿(1980)『古代接続法の研究』明治書院

山田孝雄(1954)『奈良朝文法史』宝文舘

＿＿＿＿(1979)『日本文法構義』岩波書店

吉川泰雄(1977)『形式名詞「を」成立』岩波書店

レー・バン・クー(1988)「『の』による文埋め込こみの構造と表現の用法」『日本語研究叢書2』くろしお出版

ロドリゲス(1955)『日本大文典』土井忠生訳註 三省堂

類型 資料	Ⅰ (格)	Ⅰ－Ⅰ (格・過)	Ⅱ (接続)	Ⅱ－Ⅰ (接続・過)	Ⅱ－Ⅱ (接続・過)	Ⅲ (間投)	計
日本書紀	0	0	0	0	0	2(100)	2
万葉集	28(16)	0	107(60)	0	0	44(24)	179
計	28	0	107	0	0	46	181

「表1」上代における各資料の「連体形+を」の類型別出現頻度数

類型 助動詞	Ⅰ (格)	Ⅰ－Ⅰ (格・過)	Ⅱ (接続)	Ⅱ－Ⅰ (接続・過)	Ⅱ－Ⅱ (接続・過)	Ⅲ (間投)	計
き	5(36)	0	16(19)	0	0	3(7)	24
けり	0	0	1(1)	0	0	0	1
り	1(7)	0	5(6)	0	0	1(2)	7
まし	0	0	23(27)	0	0	37(86)	60
む	5(36)	0	31(36)	0	0	1(2)	37
その他	3(21)	0	9(11)	0	0	1(2)	13
計	14	0	85	0	0	43	142

「表2」上代における「助動詞+を」の類型別上接語

別紙 (2)

類型 資料	I (格)	I－I (格・過)	II (接続)	II－I (接続・過)	II－II (接続・過)	III (間投)	計
源氏	16(29)	11(20)	24(43)	3(5)	0	2(3)	56
伊勢	32(45)	11(16)	11(16)	7(10)	0	9(13)	70
大和	42(41)	14(14)	37(36)	3(3)	0	6(6)	102
和泉	17(32)	3(6)	19(36)	3(5)	0	11(21)	53
更級	17(40)	12(28)	11(25)	3(7)	0	0	43
計	124	51	102	19	0	28	324

「表3」中古における各資料の「連体形+を」の類型別出現頻度数

別紙 (3)

類型\助動詞	I (格)	I-I (格・過)	II (接続)	II-I (接続・過)	II-II (接続・過)	III (間投)	計
き	5(8)	1(3)	15(19)	0	0	6(21)	27
けり	32(48)	22(59)	35(46)	10(84)	0	2(7)	101
たり	11(17)	7(20)	1(1)	0	0	0	19
なり	3(5)	3(8)	4(5)	0	0	0	10
つ	2(3)	0	8(10)	0	0	3(11)	13
ぬ	1(1)	2(5)	0	1(8)	0	0	4
その他	12(18)	2(5)	15(19)	1(8)	0	13(61)	47
計	66	37	78	12	0	28	221

「表4」中古における「助動詞+を」の類型別上接語

類型\資料	I (格)	I-I (格・過)	II (接続)	II-I (接続・過)	II-II (接続・過)	III (間投)	計
建礼門院	39(43)	5(5)	41(50)	0	0	5(4)	90
とはずがたり	130(61)	5(2)	66(33)	7(3)	3	0(0.5)	211
徒然草	81(63)	9(7)	21(16)	19(14)	0	0(0)	130
増鏡	124(65)	23(11)	42(22)	3(1)	0	3(1)	195
曾我物語	127(67)	13(7)	41(23)	3(2)	4(12)	2(1)	190
天草版平家物語	143(65)	29(13)	29(8)	13(6)	12(8)	0(0)	226
伊曾保	32(79)	2(2)	2(3)	0	8(16)	0(0)	44
計	676	86	242	45	27	10	1,086

「表5」中世の各資料における「連体形+を」の類型別出現頻度数

類型 助動詞	I (格)	I - I (格・過)	II (接続)	II - I (接続・過)	II - II (接続・過)	III (間投)	計
き	89(22)	20(36)	93(50)	8(20)	0	3(43)	213
けり	71(18)	9(16)	27(15)	17(44)	0	0	124
た	51(13)	13(23)	9(5)	9(23)	25(100)	0	107
たり	78(20)	5(9)	9(5)	2(5)	0	0	94
なり	16(4)	0	3(2)	0	0	0	19
つ	16(4)	3(5)	14(7)	3(8)	0	1(14)	37
ぬ	6(1)	1(2)	5(3)	0	0	0	12
その他	72(18)	5(9)	25(13)	0	0	3(43)	105
計	399	56	185	39	25	7	711

「表6」中世における「助動詞+を」の類型別上接語

別紙(4)

類型／資料	I (格)	I-I (格・過)	II (接続)	II-I (接続・過)	II-II (接続・過)	III (間投)	計
きのふは	13(62)	5(24)	2(9)	1(5)	0	0	21
雑兵物語	7(64)	1(9)	2(18)	1(9)	0	0	11
一代女	54(65)	16(19)	3(4)	8(10)	2(2)	0	83
女殺油	6(75)	2(25)	0	0	0	0	8
曾根崎	4(57)	1(15)	1(14)	1(14)	0	0	7
西鶴	29(66)	9(20)	3(7)	3(7)	0	0	44
雨月	30(53)	10(18)	12(21)	1(1)	0	4(7)	57
浮世床	12(80)	0	0	0	0	0	15
遊子方言	3(100)	0	0	0	0	0	3
春色	29(85)	2(6)	1(3)	1(3)	0	0	33
浮世風呂	13(68)	2(10)	2(11)	2(11)	0	0	19
夢酔独言	13(72)	5(28)	0	0	0	0	18
計	213	56	26	18	2	4	319

「表7」近世の各資料における「連体形+を」の類型別出現頻度数

類型／助動詞	I (格)	I-I (格・過)	II (接続)	II-I (接続・過)	II-II (接続・過)	III (間投)	計
き	14(29)	11(35)	5(31)	4(57)	0	0	34
けり	3(6)	5(16)	1(6)	0	0	0	9
た	10(20)	2(6)	2(13)	0	0	0	14
たり	8(16)	2(6)	1(6)	0	0	0	11
なり	5(11)	3(11)	1(6)	1(14)	0	1(33)	11
つ	0	0	0	0	0	0	0
ぬ	0	0	0	0	0	0	0
その他	9(18)	8(26)	6(38)	2(29)	0	2(67)	27
計	49	31	16	7	0	3	106

「表8」近世における「助動詞+を」の類型別上接語

別
紙
(5)

資料＼類型	I (格)	I－I (格・過)	II (接続)	II－I (接続・過)	II－II (接続・過)	III (間投)	計
安愚楽鍋	8(89)	0	1(11)	0	0	0	9
春雨文庫	40(80)	2(4)	5(10)	2(4)	0	1(2)	50
浮雲	15(100)	0	0	0	0	0	15
たけくらべ	24(63)	5(13)	7(18)	1(3)	0	1(3)	38
金色夜叉	59(73)	4(5)	8(10)	2(3)	0	8(9)	81
蒲団	7(100)	0	0	0	0	0	7
すみだ川	0	0	0	0	0	0	0
計	153	11	21	5	0	10	200

「表9」近代における各資料の「連体形＋を」の類型別出現頻度数

助動詞＼類型	I (格)	I－I (格・過)	II (接続)	II－I (接続・過)	II－II (接続・過)	III (間投)	計
き	11(18)	3(33)	2(18)	0	0	0	16
けり	1(2)	0	2(18)	0	0	0	3
た	6(10)	2(22)	2(18)	0	0	0	10
たり	8(13)	1(12)	2(18)	0	0	1(14)	12
なり	11(17)	0	1(10)	1(50)	0	1(14)	14
つ	0	0	0	0	0	0	0
ぬ	0	0	0	0	0	0	0
その他	25(40)	3(33)	2(18)	1(50)	0	5(72)	36
計	62	9	11	2	0	7	91

「表10」近代における「助動詞＋を」の類型別上接語

連体形に付く助詞「を」の史的研究

著者
朴榮淑

· 新羅大学校 日語教育科
· 啓明大学校 日語日文学科碩士学位取得(日語学 専攻)
· 東京大学文学部国語学研究生
· 東北大学文学部国語学専攻博士課程修了
· 別府大学国語国文学科客員教授
· 釜山大学日語日文学科博士学位取得
· 現在釜慶大学校人文社会科学大学 日語日文学部教授

初版印刷 2007年 1月 3日 | 初版發行 2007年 1月 15日

저 자   박영숙
발행처   제이앤씨
등 록   제7-220호

132-040 서울시 도봉구 창동 624-1 현대홈시티 102-1206
TEL (02)992-3253(代)   FAX (02)991-1285
jncbook@hanmail.net | www.jncbook.co.kr | 한글인터넷주소://제이앤씨북

ISBN 89-5668-459-6 93830   정가 15,000원